JN158407

目次

野獣な御曹司の束縛デイズ

「ん、ふう、ん……」

水瀬綾香はそっと目を瞑った。男の熱い舌がねっとりと自分の舌に絡み、甘いカクテルの残り香に頭がくらくらしてくる。

「お前、甘い……な」

わずかに舌が離れ、低く、掠れた声が鼓膜を刺激した。

(似てる……。あの人の声に)

うっすらと目を開けると、熱を帯びて光る相手の瞳が霞んだ視界に映し出された。

深い口付けに翻弄され、ぼうっと立っていた綾香の背に大きな手が回る。続いてドレスのファスナーが下ろされる音がした。

綾香の体を覆っていたブルーのサテンドレスが、するりと滑り落ちる。深い襟ぐりに青色の小花を散らしたデザインで、薄いブルーのオーガンジーを重ねたブライズメイドのドレス。今日は妹である綾菜の結婚式だったのだ。

くすり、と笑い声がした。

「何だか不満そうだな……脱がされたくなかったのか？」

（せっかく綾菜がオーダーしてくれたのに。皺になっちゃう）

綾香は少し憎らしくなって前に立つ男を見上げた。身長一七〇センチの綾香が自分を小さく感じるほど、彼は背が高い。男性にしては整いすぎとも言える顔立ちは、どこか肉食獣のような雰囲気を漂わせ、黒の礼服がその隙のなさを強調していた。

レースの下着の上から、そっと胸を包まれる。大きな手に揉みしだかれて、思わず溜息と共に甘く掠れた声を上げた。

「あ……ん……」

今、自分がこうしていることが信じられない。今日初めて会った男と二人でホテルにいるなんて。司という名前、そしてあの人――妹の結婚相手である海斗さんの親戚だってことしか知らないのに。

引き返すなら今のうち――心のどこかで、そう思う自分がいる。でも……

真っ白なウエディングドレスを着た妹の隣に並ぶ、白いタキシード姿の海斗。

綾香の頭に彼の顔が浮かんだ。幸せそうに笑うあの人の笑顔が。

――ずきん、と胸の奥が痛くなった。

綾菜にだって、あの人にだって、この思いは知られていない。これからも自分一人の胸の中にずっと閉じ込めておくつもりだ。

それでも、二人が結婚式を挙げた今夜だけは……この痛みを一人で抱えていたくない。飲み過ぎたカクテルの魔法が、綾香を捉えて離さなかった。

（お願い……今夜だけは）

躊躇うもう一人の自分を振り払うように、綾香は男の体に手を伸ばし、その首に縋りついた。

「一人に……しないで」

切羽詰まった声。それを聞いた男は、力強く綾香を抱きしめ、耳元で囁く。

「離してくれと言っても離さない」

背筋が震えた。あまりにも彼と似ている、その〝声〟に。そのまま綾香は逞しい腕に抱き上げられ、ベッドへと運ばれていった。


「あああっ……！」

経験したことのない感覚の波に、綾香は翻弄され続けていた。剥がされた下着の中に隠されていた白い肌は、男の唇と指が触れるたびに、ぴくぴくと小刻みに震えた。

「感じやすいな。お前」

執拗に胸の頂を舐められ、時に強く吸われる。そのたびに、綾香の口から喘ぎ声が漏れた。もう片方の頂も、長い指に弄ばれる。もう、何も考えられない……考えたくない。

普段なら絶対出てこない感情が、今、綾香をこの場に縛りつけていた。

「あ、あああんっ！」

いつの間にか、大きな手が綾香の太腿を割り開いていた。秘所を探られ、背中がびくんと反る。

柔らかな襞をなぞるように動く指。その動きに合わせて頭のてっぺんからつま先まで、びりびりと甘い痺れが走る。

「ん、あ、いやっ……！」

今までにない熱さと昂ぶりが、綾香を襲った。ぬちゃっ、と恥ずかしくなるような水音がベッドの上に響く。綾香は目を瞑り、首を横に振った。

「本当に、嫌か？」

含み笑いをしながら、白い肌に痕を残していく男の唇がひどく熱い。舌が、指が、綾香の体の敏感なところを暴いていく。

突然、花びらに隠された突起を摘まれて、思わず甘い悲鳴を上げた。くぷり、と二枚の襞の間に彼の指が埋まる。その指の先が動くたび、痛みのような、痺れのような感覚に包まれた。

「だっ……て……っ、あんっ……！」

――初めてだから。二十七歳の今まで、何も、知らなかったから。こんな荒々しい感情も、意識が飛びそうな快感も。

自分の肌に擦れる、張りのある肌が心地よい。素肌同士が触れ合うと、こんなに気持ちいいんだ……

綾香は手を伸ばして、男の厚みのある胸板を撫でた。すると、「んっ……」と低く掠れた声が聞こえて、思わず胸が熱くなる。

（本当に似てる……）

目を瞑ると、あの人がここにいるようで……彼は他の女性と――妹と結婚したのだから、そんなことはあり得ないのに。

（でも、今だけ……）

夢を見たい。あの人が私を求めてくれているって。ずっと隠していた、報われない私の思いに、気が付いてくれていたって。

うっとりとした笑みを浮かべて、綾香は呟いた。

「……海、斗さ……」

――その途端、時間がぴたり、と止まった。

「ん……？」

綾香は重い瞼を開ける。あれほど自分を貪っていた唇も手も、全ての動きを止めていた。

綾香の目の前にあるのは、冷たく光る漆黒の瞳。まだ全身の疼きが収まらない綾香は、次の瞬間、男の口から漏れた言葉に凍りついた。

「海斗……？」

（しまった！　私、今……っ）

思わず顔を引き攣らせた綾香を見て、男の顔から表情が消える。

「お前、あいつと関係があるのか」

「……」

脅すような声色に、さっきとは違う理由で背筋が震えた。男の声からは先ほどまでの激情が消え、代わりに抑え切れない怒りが込められているのが分かる。綾香は何も言えず、ただ震えながら男の冷たい瞳を見返すだけだった。

彼は、何も纏(まと)っていない綾香の体を頭からつま先までざっと見た後、体を起こしてベッドから離れた。綾香は足元でくしゃくしゃになっていたシーツを震える指先で引っ張り上げ、頭から被る。

男が服を着る気配はしたが何も言えず、彼に背を向けてシーツの中で震えていた。涙がじわりと滲(にじ)んでくる。

「今日、あいつが結婚したから……」

低い声にびくり、と肩が震える。

「俺を代わりにしたのか」

断定にすら聞こえる口調に、小さく「ごめんなさい」と返すのがやっとだった。

「馬鹿にするな」

吐き捨てるようにそう言い残し、男は部屋を出て行った。

やるせなさや罪悪感など、様々な思いがモザイクのように入り混じる。残された綾香はそんな心を抱えながら、一人泣き続けることしかできなかった。

＊　＊　＊

——どうして、こんなことになってしまったんだろう。

解けた魔法から逃げるように住み慣れた古いアパートに帰った綾香は、ベッドに頭を埋(うず)めながら自己嫌悪と戦っていた。

（いくら綾菜と海斗さんの結婚式の後だったからって、あんなこと……っ！）

何も考えたくなくて、一人になりたくなくて、目の前の彼に縋ってしまった。その挙句……

ふう、と深い溜息をついた綾香の心に、半年前の光景がよみがえってきた。


『お姉ちゃん、私、海斗さんと結婚したいの』

愛する男性に手を握られながらそう告げる綾菜を見た時、綾香の胸を過ぎったのは、『ああ、やっぱり』という思いと、『認めたくない』という二つの思いだった。

自宅のダイニングキッチンのテーブルを挟んで座る妹を冷静に見る。茶色っぽいくせ毛で、少女のような優しげな雰囲気。

『でも、あなたはまだ大学二年でしょ？　早すぎるんじゃない？』

何とかそれだけ言うと、綾菜は首を横に振り、隣に座る男性――小野寺海斗を愛おしげに見上げた。

『私、早く自分の家族を持ちたい。大学まで行かせてくれたお姉ちゃんには申し訳ないんだけど……でも』

お姉ちゃんみたいに、キャリアウーマンになりたいわけじゃないの、と綾菜は言った。

『海斗さんも、早く結婚したいって言ってくれてるし……私も、海斗さんの傍にいたいの』

頬を染めながら言う綾菜は、本当に愛らしかった。

可愛くて優しい、たった一人の大事な妹。母が亡くなり、頼れる身内が一人もいない中、自分が母親代わりとなって懸命に面倒を見てきた。

その綾菜が海斗と出会ったのは、わずか半年前のこと。海斗が社長を務める小野寺商事で、社長秘書を務める綾香。その日、妹は自分に忘れ物を届けようと会社まで来てくれたのだ。妹を一目見て、偶然そこにいた若き社長——海斗は足を止めた。

見たことがなかった。……あんな表情をする社長なんて。今まで、どんな美女に迫られてもスマートに退けていたのに。

綾菜も海斗を見て頬を真っ赤に染めていた。

大切な妹と、長年思い続けてきた相手が、恋に落ちたのだとすぐに悟った。だから綾香が真っ先にしたことは、海斗への思いを胸の底に封印することだった。

秘書という仕事柄、感情を隠すことに慣れているから、それは簡単なことだった。

——ただ、切り刻まれたような胸の痛みだけは封印し切れなかったけれど。

『綾菜は二十歳になったばかりだから、綾香も心配だろうけど……綾菜のことは大切にする。傍にいて、守ってやりたいんだ。俺のこの手で』

真摯な態度で、そう海斗に言われた綾香は、溜息をつきながら、『結婚しても、綾菜が大学を卒業すること』を条件に、二人の結婚を許したのだった。

そして今日の午後、二人の結婚式がとある教会で厳かに行われた。

『では、誓いの口付けを』

神父の言葉に促され熱い口付けを交わす二人は、胸が痛くなるくらい、幸せそうだった。

『おめでとう、小野寺社長！』

『いやあ、本当に綺麗な花嫁で……』

その後、場所を移して開かれた立食パーティーで招待客達が歓談にざわめく中、綾香はシャンパングラスを片手に、一人壁際に佇んでいた。穏やかなＢＧＭが流れ、着飾った女性達が会場を行き交う。会社社長の結婚式ということもあって、即席ビジネス会議を行う男性グループまでいた。

（ブライズメイドの大役も果たしたし……やれやれよね）

ちら、と自分の着ているドレスに目をやる。上半身のラインを引き立てるデザインは、いつも着ているビジネススーツとは大違いだ。とはいえ、『お姉ちゃんはブルーが似合うから！』と主張する綾菜がオーダーしてくれただけあって、鏡に映る自分の姿は普段より綺麗に見えた。

（でも……）

雪のように真っ白なウエディングドレスを纏った綾菜は、もっと綺麗で……

式で付き添っている間も、綾香は複雑な思いでいっぱいだった。姉として誇らしい気持ちと、女として負けたという気持ち。そしてその思いは、今も綾香の胸を占めている。

シャンパンをごくりと飲み、気を紛らわせる。

（今日はもう、やることもないし……少しくらい酔っても大丈夫よね）

『お姉ちゃん、当日裏方に回らないでね！　ちゃんとお客様として楽しんでよ！』という綾菜の要望で、全ての段取りは前日までに終わっている。今はこうして披露宴代わりの立食パーティーの成り行きを見守るだけで良かった。

（本当に、海斗さんのおかげで助かったわ……）

彼は、綾香以外身寄りのない綾菜の事情を考慮し、普通の披露宴ではなく、立食パーティーの形にしてくれたのだ。そのため招待客も、新郎側、新婦側の区別がつかなくなっている。

とはいえ、大半は新郎側の招待客だろう。

海斗は、日本でも有数の財閥である藤堂家の出身なのだ。

『どうせ俺の親戚達は、俺の結婚式なんてビジネスの会食代わりにしか思ってないよ。根っからの商売人だから』

海斗はそう言って苦笑していた。どうやら藤堂家は、こういった冠婚葬祭の際に格式を重んじる家風ではないようだ。

一方の綾菜側は、姉である自分と、大学までの友人しか参列していない。故に若い女性が大半だ。その友人達は、いそいそと若い男性グループに話しかけている。何だか婚活パーティーを見ているような気がしてきた。

ふと、高砂席を見る。頬を上気させた綾菜と、幸せそうに笑う海斗の姿。本来、海斗の秘書でもある自分が傍に行って、二人のサポートにつくべきなのだろう。でも……

（おめでとう、って言うのが精一杯だった……）

シュワシュワと泡が弾けるシャンパンを再び口に含む。アルコールが苦手な綾香でも、その口当たりの良さは分かる。

社長の結婚式だから最高級のものを手配したけれど、その甲斐はあったかな……とぼんやり思う。

――海斗さんのことは、もう思い切らないといけない。

分かっているのに、心がついていかない。

小野寺商事に入社して以来、ずっと心に秘めていた海斗への思い。

「女の秘書は、海斗社長にのぼせ上がって使い物にならなかった」と、先任の秘書である松原から引き継ぎの時に聞かされた綾香は、まず自分の感情を殺し、海斗のサポートが完璧にできるよう力を尽くしてきた。その甲斐あってか、海斗は綾香を秘書として心から信頼してくれるようになった。

『松原は父の代からいてくれた秘書だが、彼以外で君のように優秀な秘書はいなかったよ、水瀬。君がいないと、俺は仕事になりやしないよ』

『ありがとうございます、社長』

海斗の褒め言葉を聞きながら、いつか〝秘書〟としてではなく〝女性〟として必要に思ってくれることを密かに夢見ていた。馬鹿みたいに、一途に。

（本当、馬鹿だったわよね……）

海斗に恋している素振りなんて、一度も見せたことがない。仕事のサポートに徹するあまり、彼には戦友扱いされていたのに。思いに気付いてもらえるはずなんてなかったのに。

それでも望みを捨て切れなかった……あの日、忘れ物を届けに来た綾菜と、海斗が出会うまでは。

綾香は残りのシャンパンを一気に飲み干した。喉とお腹がかっと熱くなる。

ふう、と溜息をついた綾香の後ろから、低い声が聞こえた。

『もう一杯、いかがですか？』

ぎくり、と体が強張った。聞き覚えのある声。この声は……でも、まさか。

(海斗さん⁉)

ぱっと振り返った綾香の目に入ったのは、シャンパングラスを両手に一つずつ持った、見知らぬ男性だった。

『え……？』

綾香は目を見張り、そっと差し出されたグラスに目を向けた。黒の礼服姿の男性は、綾香の左手に新しいグラスを持たせると、空になったグラスを取り上げ、傍にいたボーイに渡した。流れるような一連の動作に、綾香はぼうっと、されるがままになっていた。

(この人……誰？)

見覚えがないということは、海斗側の招待客だろう。海斗も長身だが、この男性も背が高い。おまけに……

(こんな綺麗な人、会ったことがない……)

端整だが、どこか野性味を感じさせる顔立ち。そんな彼が漂わせる艶っぽい雰囲気に、呑まれそうになる。ふっと微笑まれ、綾香の頬は瞬時に熱くなった。

『花嫁のお知り合いですか？』

……似てる。低くて甘い声が、あの人――海斗さんに。

綾香は一瞬言葉を出せなかった。

『あの、私……』

言いかけて、すぐに口をつぐんだ。

この人が誰かは分からないが、これほど声が似ているということは海斗の親戚筋だろう。ならばあまり自分のことを言わない方がいいかもしれない。

実は自分達姉妹は、名字が違う。水瀬綾香と大谷綾菜。父親が違うせいだが、下手に名乗ったりすればそこから家庭環境の話にならないとも限らない。何もおめでたい席でそんな話をすることもないだろう。

綾香は男性に向かってにっこりと微笑んだ。

『……ええ、そうです。あなたは？　新郎のお知り合いですか？』

曖昧に答え、逆に質問を返す綾香に、男性の瞳が面白がるように光った。

『そうです。俺が海外出張に行っている間に、結婚が決まっていたことには驚きましたが』

カツン、と、綾香のグラスに男性のグラスが軽く触れる。

『……新郎新婦の幸せを願って』

ええ、と頷いた綾香は、金色のシャンパンを飲み干す。爽やかな泡が喉元を通り過ぎる。何だか足元がふわふわしてきた。男性は、そんな綾香をじっと見つめている。

（……何かしら）

今までこんなに男性にじろじろ見られることなどなかった。普段なら、居心地悪く感じていただろうが、アルコールの力が綾香の心を麻痺させていた。

『何か？』

首を傾げた綾香に、男性はくっくっ……と笑った。その笑い声に、綾香の指先が震える。

『いえ。あなたの態度が新鮮だったもので』

『新鮮？』

どういう意味だろう。特に何もしていない気がするけれど。

綾香は訳が分からず、男性の顔を見上げた。

『今まで俺の周りには、あなたみたいな女性はいなかったな』

『はあ、そうですか……』

よく分からないが、不作法をしたわけではないらしい。アルコールで気が緩んでいた綾香は、気にせずやり過ごすことにした。

『この後、予定はありますか？』

『いえ……特には』

そう。もう『家で妹が待っているから』と言って早く帰らなくてもいい。

ずきんと胸の奥が痛む。

『もし良ければ、場所を変えて飲み直しませんか？　このホテルのラウンジも、なかなか良い酒を置いているそうですよ』

『私……』

断ろうとした綾香の脳裏に、幸せそうな二人の姿が浮かんだ。

(今、一人になりたくない……)

綾香は思わず、『ええ』と掠(かす)れた声で答えていた。男性の口の端が満足そうに上がった。

『じゃあ、パーティーが終わったら最上階のラウンジで。……待っていますよ』

男性はにっこりと笑って、踵(きびす)を返した。綾香はその場に立ち尽くし、浮かんでは消えるシャンパンの泡を見つめていた。


その後のことは正直言って、はっきりとは思い出せない。

夜景が綺麗に見える、ラウンジの窓際の席。ふかふかのソファに並んで座り、二人で飲んだ。男性の話は面白くて、会話も弾(はず)んだ気がする。

(まるで、海斗さんとデートしているみたい……)

目を瞑(つむ)ると、本当にそう思えるくらい似ている。綾香はうっとりとその声に聞き惚れた。次から次へとカクテルを注文した綾香は、いつの間にか酩酊状態(めいていじょうたい)になっていた。

『……俺の名前は司。名前を聞いてもいいか?』

『……綾香』

アルコールが進んだせいか、男性は随分くだけた口調になっていた。

相手が名字を名乗らずにいてくれたのは、こちらとしても都合が良かった。

『綾香……いい名前だ。色っぽくて、よく似合っている』

『色っぽい？　私が？』

綾香は首を傾(かし)げながら隣に座る司を見た。

『……ああ。思わず俺が声をかけてしまうぐらいに。あんなことは初めてだった』

『初めて？　まさか』

あんなにスマートに話しかけてきたのに。

眉をひそめた綾香の頬を、彼の長い指が撫(な)でた。

『……本当だ。俺は自分から女性に声をかけたことはない……さっきまではな』

『声をかけなくても、寄ってくるんでしょうね……あなた、モテそうだもの』

ふふっと司が笑う。

『それは否定しないが……俺目当て、というわけでもないからな。大抵は、俺のバック狙いだ』

『ふうん？』

酔っていた綾香は、司の言葉を特に気にも留めなかった。海斗の親戚なら良家の生まれであると想像がつく。

『だから、媚(こび)を売らない綾香が眩(まぶ)しかった』

〝綾香〟

その言葉に込められた熱に、背筋がぞくりとした。

こんな風に海斗にも呼んでほしかった。胸が締め付けられるように痛くなる。

しばらくした後、司が腕時計を見た。

『……そろそろこの店も閉まる。帰るなら送っていこう』

あの部屋に？　もう、綾菜が帰ってこない部屋。だって、綾菜は……綾菜の隣には……

テーブルの上に置いた拳をぎゅっと握りしめた。胸がずきずきと痛む。理性で抑え込んでいた感情がアルコールの魔法で溢れ出す。

『一人に……しないで』

——今夜だけは。一人でいたくない。この胸の痛みを抱えたまま、あの部屋に戻りたくない。

目を瞑った綾香の肩を、大きな手がふわりと抱いた。

『……分かった。俺がいる。一人にはしない』

ふっと体の力を抜いてもたれた逞しい胸は、とても温かかった。


「ううう……」

翌朝、目を覚ました綾香は、ベッドの上でずきずきと痛む頭を抱え込んだ。

昨夜の出来事がよみがえってくる。普段の自分なら、初めて会った男性と絶対にあんなことしないのに……！　恥ずかしくて、今日一日このままベッドの中に潜り込んでいたいぐらいだ。

（もう絶対お酒は飲まないっ！）

昨日の男性——司の瞳や表情をまざまざと思い出した綾香は、思わず胸の前で拳を握りしめた。

その胸がじくじくと痛い。

（傷付けてしまったわよね……）

最後に見た司は、怒りに燃える瞳で憎々しげに綾香を睨んで立ち去った。

でも、そうされても仕方のないことをした。誘いに乗っておいて、他の男性の名前を呼ぶなんて。暴力を振るわれなかっただけでもラッキーだったと思わなければ。

綾香はきゅっと唇を噛んだ。

(海斗さんの親戚とはいえ、そうそう会うこともないだろうけれど……もしまた会えたらちゃんと事情を話して謝ろう。いつになるかは分からないが、その時までにはこの胸の痛みにも慣れて、冷静な自分でいられるだろうから。

綾菜と海斗は、これから長期ハネムーンに旅立つ。行き先は南ヨーロッパで、期間は二ヶ月。気持ちの整理をつける時間としては十分だ。

(その間に私は、二人の前で笑えるようにならなくちゃ)

むくりと綾香は体を起こした。枕元の目覚まし時計は午前五時を指していて、まだ窓の外は暗い。

今日は通常通り出社しなければならない。二日後には、長期休暇を取る海斗の代わりに、藤堂家から社長代理となる人物が来る予定になっている。それまでに、段取りを整えてしまわないと。

(普段、藤堂家の力は借りたくないと言っている海斗さんにしては、珍しい決断だったわよね)

綾香は海斗の言葉を思い出した。

『じいさんから言われてね。〝結婚の時ぐらい、私を頼れ。お前は私の孫なのだから〟って。じいさんが社長代理を派遣してくれるおかげで、俺の長期休暇が取れたようなものなんだ。誰が来るのかはまだ決まっていないみたいだが、多分藤堂カンパニーの重役クラスの人間が来ると思う。綾香も大変だろうけれど、サポートしてほしい』

藤堂財閥の総本山と言える藤堂カンパニーは、国内有数の大企業。そして「じいさん」とは、藤堂財閥の会長だ。その会長が派遣する役員が、社長代理として小野寺商事に来るという。落ち度があってはならない。

(そうよね、せめて社長秘書としてきちんと役目を果たさないと。秘書に取り立ててくれた海斗さんのためにも)

ぶんぶんと大きく首を振った綾香は、ベッドから下りて大きく伸びをした。ぺちぺちと両手で頬を叩き、気合いを入れる。ひとまず個人的な感情は置いて、仕事に専念しなければならない。

「――よし、頑張ろう！」

綾香は気持ちを切り替えて、朝食の用意をすべくキッチンの方へと歩き出した。

＊　＊　＊

二日後の朝、綾香は秘書室で室内のチェックをしていた。それを終えると、入り口近くにある姿見の前に立つ。

いつものように長い黒髪を後ろで一つに括り、細いストライプが入った紺のスーツを纏っている。これまでと変わらない冷静な秘書の姿がそこにあった。

始業時間は九時だが、綾香はいつも七時半には出社し、社長室の掃除をしていた。それからメールと郵便物を確認し、社長である海斗の出社を待つ。今日もその一連の流れを終えたところだ。

(引き継ぎ資料はもう用意できているから、後は……)

秘書室から社長室に繋がるドアを開け、中へ入った綾香は、ぐるりと周囲を見回した。部屋の一番奥にある社長机は、艶やかなマホガニー製。

実用的なものを好む海斗は、室内の備品をスチール製にすることが多かったが、この机は祖父である会長が贈ってくれたものらしい。どっしりとした質感が、高級感を漂わせていた。

部屋の中央に配置された四人掛けのソファセットは、先週末に専用のクリーナーで拭いておいたおかげで、黒い革の艶が一層増していた。

社長机の後ろに設えた本棚のガラスにも曇りはなく、床にはチリ一つ落ちていない。入り口のドアの右手にある大きな窓からは、金色の朝日が差し込んでいた。

「これでいつ来られても大丈夫ね」

秘書室に戻った綾香は、壁に掛けられた時計を見た。八時半、と確認したところで廊下側のドアがノックされる。

(もういらしたのかしら)

綾香はドアに近付き、秘書らしい落ち着いた笑みを浮かべてドアノブを引いた——途端、全身が凍り付いた。

「お前っ……!?」

男性の声が秘書室に響く。綾香は目を大きく見開き、ドアの向こうから現れた人物を呆然と見上げた。

「あ……なた、は」

黒いスーツに包まれた長身に、思わず見とれそうなくらい端整な顔立ち。そして……海斗によく似た低い声。

（うそ……っ……！）

そこにいたのは、まさしく二日前に過ち（あやま）を犯しかけた相手――司だった。その彼が、信じられないといった表情で自分を見下ろしている。

――そうそう会うこともないと思っていたのに。

あの夜、熱い欲情を帯びていた瞳が、今は氷のように冷たく感じられる。軽蔑にも似たその瞳の色に、綾香の胸は痛んだ。

一方、司は、黙ったまま突っ立っている綾香を見下ろし、忌々（いまいま）しげに口元を歪（ゆが）めた。先に彼の方が冷静さを取り戻したらしい。

（もしかして……この人が、海斗さんの言っていた社長代理!?）

信じたくはなかったが、それ以外に彼がここにいる理由は考えられない。

綾香は、すかさず〝秘書〟の仮面をつけた。

その直前、思い出すまいとしていたあの夜の行為が胸を過（よ）ぎった。が、すぐにそれを振り払い、すうっと息を吸って吐く。

「……社長秘書の水瀬綾香です。よろしくお願いいたします」

そう言って、他人行儀に頭を下げた綾香をせせら笑うように、目の前の司が言った。

「……俺は、藤堂司。今日から海斗の代わりを務める、藤堂カンパニーの専務……お前の〝大事な〟社長の従兄、だ」

嫌味な言い方に、ぐっと綾香の息が詰まる。思わず睨み付けてしまったが、すぐに冷静さを取り戻した。

「そのように、社長から聞いております。社長が戻られるまでの二ヶ月間、精一杯補佐させていただきます」

そう答えた綾香を見る司の目は、優しいとは言えなかった。

「お前みたいな秘書を選ぶとは……あいつ、社長としては大したことないんだな」

（海斗さんを批判するの!?）

綾香はキッと司を睨んだ。

「私のことで、社長を批判されるのはおやめ下さい。社長には関係ございません」

すると司は、ふん、と鼻を鳴らして言葉を続けた。

「あいつには、以前から仕事の話になるたび『俺の秘書は本当に優秀で助けられてる』と聞かされていたんだ。その〝優秀さ〟とやらを証明してみろ。俺は人事権も行使できる。秘書として使いものにならなかったら、遠慮なく異動させるからな。覚悟しておけ」

綾香は、ぎゅっと唇を噛みながらも、「はい、承知いたしました」とまた頭を下げる。そして司の先に立って、社長室のドアを開けた。

つい、と司が大股歩きで社長室に入った。綾香も続いて入室し、ドアを閉める。いつもは海斗が座る席に、司がどかっと腰を下ろした。そして艶（つや）のある机に肘をつくと、目の前に立つ綾香を無言のまま見上げた。

綾香は何食わぬ顔で、今後の業務についてのメモを読み上げる。

「……引き継（つ）ぎの資料はすでにご用意しております。それから本日のスケジュールですが、午前十時より……」

「全部キャンセルだ」

「は？」

綾香は顔を上げ、司の顔を見た。

「二度言わせるな。今日の予定はよほどの急務でない限り、全部キャンセルしろ。その代わり……」

じろり、と冷たい目で綾香を睨（にら）む。

「今進行中の商談やプロジェクト関連の書類を全て見せろ。チェックし直す」

(私を全く信用していないのね、この男は)

腸（はらわた）が煮えくり返るのを押し隠して、綾香はいつもの冷静な笑みを浮かべた。

「……承知いたしました。すぐにお持ちいたします」

深々と礼をし、社長室から出ていく綾香は、背中に強い視線が突き刺さるのを感じていた。

(なに、あの男……っ!!)

確かに、あの時悪かったのは自分だけれど、あの感じの悪さはなんなのか。万が一会うことがあれば謝ろう、と思っていた自分が馬鹿みたいだ。

(傷付けたんじゃないかって……反省していたのに)

恐ろしく元気そうだった。おまけに、あの視線。どうやら綾香が傷付けたのは、彼のプライドだけだったらしい。

(それにしたって……)

秘書としての能力まで疑われては、海斗に申し訳ない。綾香のプライドにも火がついた。

このまま、尻尾を巻いて逃げるわけにはいかない。

ぱぱぱっと資料を集め、再び深々と頭を下げて社長室に入る。どん、と社長机に資料を置いた綾香は、にっこりと秘書スマイルを浮かべて言った。

「では、私は通常業務に戻ります。ご用がおありでしたら、いつでもお呼び下さいませ」

何を考えているのか分からない瞳が、綾香を捉えた。一瞬心臓が跳ねたが、そんなことは微塵も感じさせず、笑みを保つ。

「……午前中に、鈴木商事との今までのデータを纏めろ。それから、このプロジェクトの進捗状況を担当者から聞きたい。後は……」

次から次へと出てくる指示に、綾香は慌てることなくメモを取って対応した。

昼食もコンビニのおにぎりにかぶりついただけで終わらせた綾香は、朝に与えられた山のような指示をほぼ休む間もなく全てこなしてから、社長室のドアをノックした。机に広げられた資料を眺めていた司が顔を上げる。綾香は机の前に行き、深々と頭を下げた。

「お先に失礼させていただきます、社長代理」

それを聞いて、司の目がすっと細くなった。

「上司がまだ仕事中だというのに、先に帰るのか？」

その嫌味っぽい言葉に、綾香も冷静な秘書スマイルで応戦した。

「本日指示された作業は、全て終了いたしました。明日の準備も済んでおります。業務が終われば、だらだらと残業せず帰宅し、英気を養って翌日に備える——というのが、我が社の方針ですから」

大体、今はもう午後八時だ。残業時間帯に何を言っているのだろうか。

「……酒は飲むなよ」

「は？」

聞き返した綾香に、司が睨（にら）み付けるようにして言った。

「お前は飲むとその辺（あた）りの男を手当たり次第、ベッドに引きずり込みそうだからな」

「……!!」

突然、あの夜のことを持ち出され、綾香は息を止めた。

(手当たり次第って……!?)

右手をぐっと握りしめる。

(いつでも私があんなことをすると思っているの、この男はっ!?)

この一日、彼の嫌味な態度に必死に耐えていたというのに。綾香の感情が一気に爆発した。

「あの日だけですっ！　あれだって、慣れないお酒を飲み過ぎたせいです！　もう二度とあんなことは起こりませんっ!!」

「へえ……？」

薄笑いを浮かべている司の顔を、思いっきり殴りたい衝動をどうにか堪え、綾香は努めて冷静な声で言った。

「……確かに、あの夜のことは私の過ちです。申し訳ございませんでした。私はもう忘れましたから、社長代理もどうかお気になさらないで下さい」

きっぱり言い切ると、再び頭を下げ、かつかつとヒールの音も高らかに社長室から出ていった。

＊　＊　＊

「ったく……」

帰宅してシャワーを浴びた後、Ｔシャツに短パン姿で、濡れた頭にタオルを巻く。

そんな色気のない格好で冷蔵庫を開けた綾香は、発泡酒の缶に触れる。が、すぐに思い直して隣のオレンジジュースを手に取り、リビングのソファに腰を下ろした。

（悔しいっ……!!）

今思い出しても、腹が立つ。今日の自分は、秘書として完璧だったはずだ。胸の中で荒れ狂う感情だって、一かけらも表には出さなかったはず……なのに。

「いちいち嫌味を言うし、なんなのあの男はっ!!」

ぷしゅ、とプルタブを引き上げ、ぐびぐびとジュースを一気飲みし、空になった缶をダン、とテーブルに叩き付けるように置く。

「あああ、もう～っ、本当に人生最大の不覚だったわっ!!」

あの夜、どうしてあんな男に縋ってしまったのだろう。同じ声でも、あの嫌味な男と優しい海斗では大違いなのに。

(そりゃ、仕事ができるってことは認めるけど)

今日一日傍にいただけで、司の優秀さは身に染みて分かった。こちらへの要求も高いが、司自身も慣れないはずの業務を軽々とこなしているのを見れば、文句のつけようがない。引き継ぎ資料も、一度目を通しただけで理解してしまったらしい。三十五歳と聞いているが、さすが藤堂カンパニーの専務を務めるだけのことはある――と、渋々ながらも感心せざるを得なかった。

綾香はふうと溜息をついてソファの背もたれに体を預けた。

今日は本当に疲れた。一日中、気を張りつめたまま仕事したから……おまけに、女性社員が頬を赤らめながら次々とやって来ては司についてあれこれ尋ねてくるものだから、それを捌くのも大変だった。

――綾香。

気を抜くと、あの夜聞いた司の声がよみがえってくる。その途端に、頬が、体が、かあっと熱くなる。

（いくら、海斗さんと綾菜の結婚式があったからって……お酒を飲んでいたからって……）

誰にも見せたことのない醜態を彼に晒してしまった。会社でも幾度となく思い出し、そのたびに気合いを入れ直す羽目になった。今日一日、よく耐えたと自分で自分を褒めてやりたい。

（ま、まあ、向こうがけんか腰だったから、腹が立って落ち込んだり恥ずかしがったりする暇もなかった、っていうか……）

これから二ヶ月間、彼と顔を合わさなければならない。ううう……と思わず呻き声を上げてしまう。できることなら会社に行きたくない。

（でも私が職務を果たさないと、海斗さんが馬鹿にされてしまう）

それだけは嫌だ。自分の恋心はともかく、海斗の秘書としてのプライドは守らないといけない。恥ずかしがっている場合ではない。

馬鹿にしたような司の顔を思い出し、綾香はぎゅっと唇を噛んだ。

「……負けるもんですかぁっ!!」

＊　＊　＊

「水瀬さん、少し感じが変わったかな？」

「はい？」

社長室のソファに座った田代工業の専務、田代雄一にそう言われ、お茶を出していた綾香は目を丸くした。

海斗と同じ三十三歳である田代と前回会ったのは、二ヶ月ほど前。その間に何か変わったという自覚はない。

「前より綺麗になったというか。いや、失礼。でも、ぱっと花が開いたような印象だよ」

意外な言葉に、綾香は少し頬が熱くなるのを感じた。

数年の付き合いになるが、いつも生真面目で冗談など滅多に言わない田代から、こんなことを言われるとは思っていなかった。

「ありがとうございます」

笑顔でお辞儀をした綾香は、次の瞬間、ピキリと凍り付いた。

(うっ……！)

背筋を這う絶対零度の視線。顔が引き攣る。

「……例の資料、用意しておいてくれないか、水瀬」

穏やかな言葉に込められた嫌な気配。ちら、と田代の向かいに座る司を見ると、口元は笑っているのに睨み付けるような視線を綾香に向けている。

(な、何よ、その責めるみたいな顔は!!)

まるで綾香が悪い、とでも言いたげな瞳。訪問客に愛想よくしているだけなのに、何故睨まれなければならないのか。

（私は普段通りにしているだけなのに）

服装だっていつもの紺色スーツ、化粧もナチュラルメイク。髪型だって変えてはいない。それなのに、田代に色目を使っているとでも言いたいのだろうか。

綾香は内心の苛立ちをぐっと堪え、必殺の秘書スマイルをたたえて、「承知いたしました」と社長室を後にした。

＊　＊　＊

「んーっ……」

秘書室の椅子に座ったまま軽く伸びをした綾香は、コキコキと肩を鳴らした。

「やっと終わったわ……」

パソコンのキーボードを一心不乱に叩き続けて、何時間経ったのか。時計を見ると、午後九時前だった。

（綾菜がいないと、時間管理ができないものね……）

つい仕事に没頭してしまった。いつもなら自分を待ってくれている綾菜のことを考え、残業はほどほどにして帰るのに。

ふうと溜息をついた綾香は、今日一日の出来事を振り返る。

今日は何故か田代と似たようなことを言う顧客が多かった。出入りの工業デザイナーには「前々から美人だとは思っていたけれど、今日は特に綺麗だね」と言われ、続いて司の前で「今度食事でもどうかな」と誘われた。さすがにどうしようかと困惑したが、「まだ私が不慣れなもので。水瀬にいてもらわないと、業務が滞るのですよ」と司がさらりと断ってくれた。

とはいうものの、司が綾香を見る瞳は厳しいままだったのだが……。まだ、誰とでも寝る女だと思われているのだろうか。

むっとした綾香は、やや乱暴な手つきで机の上の資料を纏め始める。

その時、スマホの着信音が秘書室に響いた。

上着のポケットからスマホを取り出した綾香は、見慣れぬ電話番号を見て一瞬眉をひそめたものの、すぐにそれが国際電話の番号だと気付いた。

「……はい、水瀬です」

『お姉ちゃん!?　私、綾菜』

「綾菜!?」

綾香は思わず声を上げた。

「どうしたの。ハネムーン中でしょう?」

『うん、お姉ちゃんの声が聞きたくなって』

「綾菜……」

じわり、と心が温かくなったが、次の言葉を聞いて顔が引き攣る。

『私がいないからって仕事に没頭して、食事もロクにとってないんでしょ!?』

ぎくり、と綾香は視線を泳がせた。その通りだとは、とてもじゃないが言えない。

「ちゃ、ちゃんと食べたわよ？　あなたは私のことなんて気にしなくていいから。ハネムーンを楽しんでちょうだい」

『お姉ちゃん……』

あああ……綾菜のお小言が始まりそうな予感がする。綾香は慌てて言葉を継いだ。

「ほら、長電話は、しゃ……海斗さんに悪いから。じゃあ、元気でね」

通話を終了し、スマホをしまって、ほう、と息を吐く。ハネムーン先から妹に心配される姉って……と、綾香は机に突っ伏してしまった。

「妹から電話か？」

その声に、ぱっと顔を上げる。いつの間にか、目の前に司が立っていた。綾香はさっと居住まいを正す。

「……ええ。元気そうでしたわ」

海斗の妻となった綾菜が妹だということは、司がやってきた二日目に話してある。てっきりすでに知っているのかとも思っていたが、初耳だったらしく、その時の彼は少し意外そうな顔をしていた。

じっと見つめられると、喉元のあたりがぐっと重くなった気がした。それでも綾香は目を逸らさず、司の視線を受け止める。

「お前は」

司が口を開いた。

「そんなに妹が大事なのか？」

「は？」

綾香は目を見張った。何を言っているのだろう、この人は。

「当たり前でしょう、家族なんですから。あの子が幸せになってくれることが、私の望みです」

「……」

(ど、どうしてじっと見つめてるわけ？)

居心地の悪さに、綾香は視線を逸らして椅子に座り直した。

「……今日はもう帰るぞ」

「はい」

もともとそのつもりだった綾香は、パソコンの電源を落とし、テキパキと書類を片付けた。司も社長室に一旦戻り、黒い鞄を持って出てくる。

綾香も上司を待たせてはいけないと、手早く引き出しの鍵を掛けて席を立ち、ショルダーバッグを肩にかけた――ところで、がしっと左腕を掴まれた。

「は、い!?」

目を丸くして司を見上げる。彼は感情の読めない表情のまま、低い声で言った。

「食事に行く。付き合え」

「え？　あ、あの、私、帰宅してから……」

じろりと司に睨まれ、綾香は言葉を詰まらせた。

「妹に食事の心配をされているんだろ。部下の健康を管理するのも、上司の役目だ。ほら、行くぞ」

「え、あの、ですね……っ!?」

司にずりずりと強引に引きずられ、秘書室を後にした綾香だった。


「……」

「……」

(一体、何を話せばいいのよ!?)

あまりにも唐突な展開に、綾香は戸惑いを隠せない。

司に強引に車の助手席へ押し込まれて連れていかれた先は、郊外にあるお洒落なイタリアンレストランだった。個室に案内された綾香は、とりあえずバジルのパスタとグリーンサラダを注文した。

静かなクラシック音楽が流れる空間。白を基調とした内装で、壁にはイタリアの国旗が飾ってあった。確か三ツ星ホテルで修業したシェフが開いたお店じゃなかっただろうか。友達の誰かがそんなことを言っていた気がする。

まずはサラダが運ばれてきたので、綾香は「いただきます」と手を合わせてから口をつけた。しばらくすると、いい香りが立ち上るパスタも運ばれてきた。

(こうなったら、たっぷり食べてやるんだから!)

気まずい雰囲気の中、じっと自分を見つめる司の視線を気にしつつも、綾香は食事に精を出した。

評判のレストランだけあって、パスタもサラダもとても美味しい。向かいにいるのが仏頂面した上司でなければ、もっと美味しく食べられるのに。

司はというと、アンチョビピザをつまみながら、時折ミネラルウォーターを飲んでいる。

二人とも黙ったままだ。何とも居心地が悪く少し身じろぎすると、司が話しかけてきた。

「食欲はあるようだな」

「ええ、おかげさまで」

司の心は読めない。綾香は一旦フォークを置いて、ミネラルウォーターをこくり、と口に含んだ。

すると司が再び口を開く。

「――水瀬綾香。二十七歳。短大卒業後、秘書候補として小野寺商事に入社。二十二歳の時に、社長である小野寺海斗の秘書に抜擢される。社内での評判は高く、誰に聞いてもよくできた秘書だ、と高評価だった」

「は？」

綾香はグラスを置いて、司を見た。司は表情を変えずに言葉を続ける。

「高校生の時に母親を亡くし、年の離れた妹の世話をしてきたそうだな。だから残業もあまりできなかったが、その代わりに効率よく業務を回すことで対応してきたと聞いた」

「……」

その通りだけれど、それがどうかしたのだろうか。司の意図が掴めず、綾香は黙って向かいの相手を見つめた。

「海斗の結婚相手が、お前の妹だったと聞いた時は少し驚いた」

海斗の名前が出たせいで、一瞬自分の顔が強張るのが分かった。が、綾香はすぐに平静を装う。

そんな綾香を司はなおも追及してきた。

「妹の幸せを願っていると、そう言ったな。それは本当か？」

「っ⁉」

思わず息を呑んだ。それではまるで綾香が、綾菜と海斗が破局するのを望んでいるようではないか。綾香はキッと司を睨み付けた。

「ええ、本当です。あの子だって苦労してきたんです。なのにとても素直ないい子で……だから」

だから幸せになってほしい……と言いかけた綾香は、司の瞳がぎらりと光るのを見て言葉を呑み込んだ。

「だから……のか」

司が小さく呟いた言葉は、上手く聞き取れなかった。綾香が眉をひそめると、司は大きく溜息をつく。

「さっさと食べろ。食べ終わったら家まで送る」

「……はい」

別に送ってくれなくてもいい、とは言い出せず、綾香は再び銀色のフォークを手に取ったのだった。

「……ご馳走様でした」

会計を終えた司に、綾香はぺこりと頭を下げた。司はそれに軽く頷いて応えると、そのまま店に隣接した駐車場へ歩き始める。

先に歩く司の背中を追いながら、綾香はまた溜息をついた。

（疲れた……）

残業よりも気力を奪われた気がする。肩に掛けたショルダーバッグの紐をきつく握りしめた。気まずい雰囲気のまま終わった食事。最後の方は、味なんてほとんど分からなかった。おまけに自分の分は払うと言ったのに、結局司に「いいから」と押し切られてしまった。

（大体、どうして誘われたのか全然分からないんだけど）

司が助手席のドアを開ける。綾香としては近くの駅で降ろしてほしいのだが、司は家まで送るといって聞かなかった。

（この人、唯我独尊を地でいっているんじゃないの!?）

ぶつぶつと心の中で文句を言いながらも、とりあえず「ありがとうございます」とお礼を言うのは忘れない。

座り心地のいいシートに腰を下ろして自宅までの道のりを告げると、司は無言で車を発進させた。彼の車は、銀色の国産スポーツカーだった。静かな運転に、緊張していた綾香も肩の力を抜く。

「……」

ちらりと横を見れば、街の灯りに照らされ、司の端整な横顔が薄闇の中に浮かび上がる。ハンドルを持つ骨ばった手を見た時、どくん、と心臓が跳ねた。

——あの手が、指が……優しく触れて……

頬にかああっと熱が集まった。慌てて、窓の外へ目を向ける。

（だめ、思い出しちゃ……っ）

疲れているせいか、秘書の仮面が剥がれかかっている。司の持つ艶っぽい空気に、反応してしまう。綾香はぎゅっと目を瞑り、気持ちを落ち着かせようとした。

（一、二、三、……）

心の中で数を数え始めた。それだけに意識を集中させる。

（十五、十六、十七……）

スポーツカーにしては静かな振動に揺られながら、綾香はひたすら数を数え続けたのだった。

（百二、百三、百四……）

「おい、着いたぞ」

「ひゃあっ⁉」

低い声に驚いて、変な声を上げてしまった。目を開けると、間近に司の顔がある。いつの間にか車は停まっていた。司は何故か運転席から身を乗り出し、綾香に覆いかぶさるように両手をついている。

かちゃり、と司が綾香のシートベルトを外す。綾香は目を見開いたまま、ただ司の顔を見上げることしかできない。

（顔……近いっ……）

司の瞳がぎらり、と光った気がして、背筋がぞくりと寒くなった。

「……お前、今酔っていないよな？」

「え？」

何のことかと綾香が聞こうとした瞬間——唇が塞がれていた。

（——!!）

必死に両手で彼の胸を押したが、びくともしない。司の熱い唇が、食むように綾香の唇の上を動く。

「んん……っ、ふ……うん……！」

下唇を甘噛みされ舌でなぞられると、ぞくっと体が震えた。甘い痺れに、手から力が抜けていく。

「やっ……ん……」

少し開いた唇の隙間から、司の舌が侵入してきた。歯茎を器用に舐め回し、ねっとりと綾香の舌に纏わりついてくる。粘膜と粘膜が擦れ合い、時折吸い付かれて、何も考えられなくなった。

誘うような熱い舌の動きに翻弄されているうちに、大きな手がスーツの上着の下に潜り込んでくる。薄いブラウスの上から丸い膨らみを掴まれて、綾香は我に返った。

（なっ、なに……っ!!）

ばし！　と、咄嗟にショルダーバッグを司の側頭部に当て、体をひねる。すると彼はむっとしたような表情を浮かべた。

「何をする」

「な、何をするじゃないでしょうっ!!　何してるんですか、あなたこそ!!」

完全に秘書の仮面が剥がれ落ちてしまった綾香は、息を切らしながら叫ぶ。司はしれっとした態度で答えた。

「あの夜の続きだが？」

「なっ」

かっと頬が熱くなる。わなわな震える綾香を、司の面白がるような瞳が捉えた。

「お前はもう忘れたと言ったが、俺は忘れないぞ。あの時のお前の甘い声も……白い柔らかな体も」

「……っ、何言って……っ!!」

ちゅ、と短いキスが落とされた。あまりにも自然なその行為に、言葉が止まった。

「だからこれからは酔っていないお前を口説く。分かったか？」

（……この人、何言ってるの!?　口説くって!?）

綾香の頭の中は完全に真っ白になっていた。

くっくっく……と司が笑う。

「お前でもそんな顔するんだな。ぽかんと口を開けたままの、可愛い間抜け顔」

ぱっと両手で口を覆った綾香を、妖しい光を宿した瞳が見つめる。

「今日はここまでにしておいてやる。これから覚悟しておくんだな」

司はすっと手を伸ばして、助手席のドアを開けた。綾香は半ば転がるように車から脱出する。

「じゃあ、また明日」

にやり、と肉食獣の笑みを浮かべた司は、そのまま静かに車を発進させた。綾香は呆然とアパートの入り口で立ちすくみ、それを見送るしかできない。

(何だったの、今の⁉)

唇に手を当てる。熱を持ったそこは、ほんの少し腫れている気がする。やがて真っ白になっていた綾香の頭は、次第に怒りで沸騰し始めた。

「忘れないって……口説くって……一体何様よっ‼」

思わず叫んでしまった綾香は、はっとして辺りを窺い、近所迷惑になっていないか確認する羽目になったのだった。

＊　＊　＊

「……綾香⁉　おはよう。珍しいわね、この時間にロビーで会うなんて」

「おはよう、碧……」

息を切らして会社に入った綾香は、同期の早見碧と並んでエレベーターを待った。

（ああもう！　あの男のせいでっ！）

いつもなら、もうとっくに席に着いている時間なのに。今日は定時の二十分前……いつもは一時間半前に出社する綾香にとって初めての黒星だ。

昨夜は腹が立って、むしゃくしゃして、おまけにキスされた唇が熱くて、なかなか寝付けなかった。おかげで珍しく寝坊し、いつもきちんとまとめているセミロングの髪も下ろしたままだ。

「ねえ、綾香？　あなた感じ変わったよね。社長代理のおかげなの？」

「え？」

綾香は隣に立つ碧を見た。髪を肩のあたりでくるんと巻き、淡いイエローのワンピースを着た碧は、可愛い外見ながらもしっかり者だ。そんな彼女が綾香を見て、うんうんと頷く。

「なんていうか……綾香ってとっつきにくい感じだったのよね。サイボーグ感満載で」

綾香の目が点になる。サイボーグ感とは何だろうか。同期で一番仲のいい友人の言葉に、綾香は戸惑うしかない。

開いたエレベーターに一緒に乗り込みながら、碧は続ける。

「だけど今は、すごくいい感じになっているわよ？　生き生きしているっていうのかしら」

「そ、そう……？」

（怒りモードの間違いじゃないの？）

心の中で反論する綾香に、碧はにやりと笑って見せる。

「いいこと、思いついちゃった。ねえ、綾香。ちょっと総務部に寄っていってよ」

「え？　でも時間が……」

普段より遅いのに、と躊躇する綾香に、碧が畳みかけるように言った。

「いつもが早すぎるのよ。大丈夫、定時の五分前には席に座れるようにするから」

「ちょ、ちょっと、碧」

エレベーターが総務部のある三階に着いた途端、腕を引かれて降ろされた綾香は、そのまま鼻歌交じりの碧に引っ張られていった。


（今日、来客予定がなくて良かった……）

秘書室の姿見を覗いた綾香は、はあぁと深く溜息をついた。

——見慣れない顔がそこにあった。コテでふわっとカールさせた髪は、肩にやわらかく落ち、つけ睫毛にアイラインを施した目はいつもより大きくて……普段の綾香は、ここまで化粧はしない。

気後れする綾香の耳に、さっき碧に言われた言葉がよみがえった。

『大体、綾香はもったいなさすぎるのよ！　美人なんだから、これくらいしなさいっ！』

碧はそう言って、自分のロッカーからコテやら化粧品やらを引っ張り出してきて、あれよあれよという間にこのメイクを完成させてしまったのだ。

『早業……』

呆然と呟くと、『だって、始業時間に間に合うようにメイクしないといけないでしょ～？』という答えが返ってきた。通勤でメイクが乱れるため、碧はいつも家ではベースメイクと眉だけ整え、会社に来てから完璧に仕上げるのだそうだ。

『前から綾香を変身させたかったのよ～。あ、そうそう、今日同期で飲みに行こうって話があるんだけど、綾香も来なさいよ』

『え？　私……』

『今まで妹さんのために早く帰らないといけないからって、ほとんど飲み会にも参加していなかったでしょ？　たまにはいいじゃない』

『……そう、ね……』

今までは綾菜がいたから。でもこれからはもう……

綾香の胸の痛みを察したのか、碧がぽん、と肩を叩いた。

『今度は綾香の番でしょ？　いい加減、恋人作ったら？　綾香が好みだって言ってる男の人、結構社内にいるのよ？』

『今は、そんな気に――』

なれない、と言おうとしたら、むにっと両手で頬を引っ張られた。

『何言っているのよ！　いつ恋人を作るの!?　今でしょ！　今しかないって！』

『み、碧……』

『大体、あんなセクシーな社長代理と一緒にいるっていうのに、もったいないわよっ！』

うぐっ、と綾香は声を詰まらせた。またあの瞳を思い出しそうになり、必死に頭から振り払う。

『そ、そんなの関係ないわよ。仕事に厳しい方だし……』

（おまけに意地悪で、俺様で、わけの分からないことばっかり言うしっ）

碧はそんな綾香の表情の変化をじーっと見つめると、ふふふ、としたり顔で笑った。

『と・に・か・く！　今日は飲み会よ、準備しておいてね！』

（碧に流されたわ……）

碧は普段から、綾香が仕事一筋でいるのが気がかりだったらしく、合コンなどの企画をセッティングしようとしていた。綾香はそれを、仕事や綾菜を理由に全て断っていたのだが。

（でもたまには、同期で集まるのもいいわよね。久しぶりだし）

同期の顔を思い浮かべながら、机の上に置かれた営業部からの書類を見た綾香は、そこに書かれていた名前に目を留めた。白井圭一（しらいけいいち）だ。

（白井くん、この春から営業部の課長になったのよね。頑張ってるんだ……）

同期の出世頭の顔を思い浮かべ、ふふっと笑みをこぼした時、秘書室のドアが開いた。黒のスーツを着た司が、さっさっと入ってくる。

「……おはようございます、社長代理」

綾香はいつものように頭を下げた。

「ああ、お……」

（……あら？）

綾香が顔を上げると、司の動きが止まっていた。目を見開いて呆然と綾香を見下ろしている。

「あの……？」

首を傾げた綾香に、司は我に返ったように瞬きをし「……おはよう」と小さく返す。

「今日、何かあるのか？」

「え？」

綾香は目をぱちくりさせたが、そういえば、と今の自分のメイクを思い出した。

「え、ええ……今日、同期会が」

「同期？」

「久しぶりなので、楽しみにしているんです。前々から誘われていたんですけれど……」

司は沈黙したままだ。何を考えているのか、全く読めない。ただ綾香を見下ろす瞳がぎらついているような気がした。

（な、何とかして、この空気……どうして睨まれているの、私!?）

綾香は思わず顔を引き攣らせる。

「なら、とっとと仕事を終わらせるんだな。昨日より多くなるが。……無理ならいいんだぞ？」

海斗が同じことを言ったなら、優しさとして受け止められただろうが、司の場合は皮肉にしか思えなくて、かちんときた。

（用事があるって分かっていて、わざと仕事を増やす気なんだわっ！　そっちがその気なら、受けて立つわよっ！）

つん、と顔を上げて、司の瞳を正面から見上げた。

「いえ、最後まで仕上げます。仕事の手を抜くつもりはございませんので」

「上等だ」

つい、と司が社長室に入る。バタンと閉まったドアに、思わず舌を出してやりたくなる。声は似ているると思っていたのに……あんな皮肉の込もった言い方、海斗なら絶対しない。

(嫌味ったらしいったらっ！)

これで仕事に不備があったなら、あの男はそれ見たことか、とせせら笑うに違いない。綾香の闘志に火がついた。

「文句のつけようのない、仕事ぶりを見せてやる！」

背中に炎を背負ったまま綾香は自席につき、パソコンのキーボードを恐ろしい勢いで叩き始めるのだった。


「綾香ー？　まだなの？」

終業時間を十五分ほど過ぎた頃。

少し遅れる、と言った綾香を、碧が迎えに来ていた。

「碧……もう終わるわ」

タタタタッと最後のメールを打ち込み、送信。ふう、と綾香は溜息をついた。

「……これで、終わり」

こきこきと肩を回す綾香に、碧は「すごいわね～」と感心したような声を出した。

「綾香が仕事しているところってあまり見たことなかったけど、鬼気迫るっていうか、迫力あったわ～」

「そう？」

（怒るとそのエネルギーが仕事用に変換されるのかも……）

何とも言えない達成感が綾香を支配していた。椅子から立ち、パソコンの電源を落とす。すでにチェック済みの書類の束を手に持ち、社長室に向かおうとしたところで、社長室のドアが開いた。

「できたのか？」

背後で碧が息を呑む気配がした。綾香はそれを尻目ににっこりと笑って、書類を司に手渡す。

「本日予定していた分と明日の予定表です。ご確認下さい」

「分かった」

書類を受け取った司は、碧の方へ目を向けた。碧が慌ててぺこり、とお辞儀をする。

「水瀬の同期、か」

「は、はい！　総務部の早見碧と申します」

その瞬間、司の瞳がきらりと光ったように見えた。

「今日は同期会だそうだが、あまりこいつに飲ませないように」

「は⁉」

（突然何を言いだすの⁉）

綾香は咄嗟に司を見た。碧も不思議そうな顔で司を見ている。司は素知らぬ顔で言葉を継いだ。

「こいつは酒に弱いからな。酔ったところを他の男に任せたくない」

(な、何、言っているの、この男はぁっ!!)

綾香の頬が、かああっと熱くなった。碧は目を丸くした後、「分かりました！」とお辞儀をし、綾香の顔を見てにやりと笑った。

『後で洗いざらい白状してもらうわよっ』

そう顔に書いてある。こうなったらもう、白状するまで碧は決して離してくれない。

(余計なことをっ……！)

「ご苦労だった、水瀬。もういいぞ？　久しぶりの同期会、楽しんでこい」

怒りのあまりふるふると震える綾香を見て、司は肉食獣の笑みを浮かべながらそう言った。


「……では、水瀬の久々の同期会参加を祝して、かんぱーいっ！」

「乾杯ーっ！」

体育会系の同期、広沢(ひろさわ)の音頭で、皆がグラスを掲(かか)げ、あちらこちらでグラスがぶつかる音が響く。

酒に強くない綾香も、一口だけ口をつけた。

掘りごたつ調の座席が連なる、居酒屋の個室。テーブルにずらりと並べられた大皿料理。ざわめく雰囲気も、本当に久しぶりだった。

「広沢くん、な、なんだか、恥ずかしいんだけど……」

綾香がもごもご言うと、真向かいに座った白井が、ははっと笑った。

「まだ水瀬なんていい方だよ。俺なんて、『いの一番に課長に昇進した、同期の期待の星に乾杯』だったんだぜ？　広沢の悪ノリもいい加減にしてほしいよ」

綾香の隣の碧が、くすくすと笑った。

「本当のことだからいいじゃない。私達の中で一番に出世したんだから」

「そうそう、すごいわね、白井くん」

照れくさそうな白井は話題を変えようとしてか、綾香の方に身を乗り出してきた。

「それはそうと、どんな感じなんだよ、藤堂社長代理は。仕事に厳しい人だと聞いているけど、大丈夫なのか？」

綾香は顔を少し引き攣らせながらも、笑みを浮かべた。

「確かに厳しい人だけど、頭の回転が速くて、指示も的確。やりがいあるわよ？」

――そうなのだ。時々、わけの分からないことを言ったり、したりする以外は、あの藤堂司という男は恐ろしく優秀なビジネスマンと言える。

「まあ、藤堂財閥の本家筋だからなあ……うちの社長も優秀だけど、うちと藤堂カンパニーじゃ規模が違うだろ。あの大企業の専務が、よく我が社に来てくれたとうちの杉野部長も驚いていたよ」

営業部の杉野部長は、白井の上司だ。面倒見のいい性格で、今回の飲み会にもいくばくかカンパしてくれたらしい。

「でも、それは……社長の従兄さん、だからじゃないの？」

「他にも人材が揃っているだろ？　わざわざ藤堂家の人間が来なくてもさ。なんでも噂では、自ら志願して社長代理になったってことだったけど」

「ふうん、そうなの？」

　碧が思わせぶりな視線を綾香に向けた。

「少なくとも社長代理、誰かさんのことえらく気にしてるみたいだったけど」

「なっなに言ってるのよ、碧⁉」

　急に熱くなった頬を隠すように、綾香はごくりともう一口ビールを飲んだ。碧はそんな綾香を見て、にやにやとからかうような顔をした。

「こら、水瀬に悪いだろ」とたしなめる白井の言葉にも、碧は笑いを堪え切れなかったようだ。くっくっく……と一人ツボにはまったように、笑い続けている。そんな碧をちら、と見た後、白井は労るように言った。

「水瀬も大変だろうけど、頑張って。また同期会にも参加してくれよ。喜ぶ奴もたくさんいるから」

　白井の言葉に、綾香も笑って答えた。

「うん、ありがとう……今まで不義理していた分、なるべく参加するようにするわね」

「聞いたぞ、水瀬！　その言葉に嘘偽りなしだよな⁉」

　白井の隣にどかっと座った広沢が声を上げる。彼が持つグラスにビールを注いだ綾香は、苦笑しつつ言った。

「幹事ご苦労様。また同期会やる時は教えてね、広沢くん」

「よっしゃー！　水瀬と飲みたいって奴、結構いるからさあ、またセッティングするわ」

「ほどほどにしなさいよ、広沢くん。綾香には怖いお目付け役がいるみたいだから」

「みっ、碧!?」

焦る綾香に、碧がうふふと黒く笑った。広沢は目を丸くしたが、すぐに「あー。社長代理、仕事に厳しそうだもんなあ」と頷いた。どうやら健全な方向に解釈してくれたらしい。

「次の日に影響出ないようにするからさ、また来いよな」

そう言った広沢は、別の席から声をかけられると、ごくごくとビールを飲み干し、「じゃ」と手を上げて席を立った。綾香はほっと息を吐く。

「……で、綾香？　これからじっくり話を聞かせてもらうけど。まずは社長代理についてかしら？」

安堵したのも束の間、隣に座る碧の瞳は爛々と輝いていて、まるで獲物を見つけた猟犬のようだった。

「み、碧……」

救いを求めて白井に視線を送ると、彼は首を横に振った。

「水瀬……こいつがこうなったら、誰にも止められないぞ。観念しろよな」

「ううう……」

その後小一時間、綾香は碧の執拗な取り調べを受けることになったのであった。

「水瀬、今日は楽しかったぞ！　また誘うからな！」

「ありがとう」

同期の面々に声をかけられ、綾香は微笑みながら礼を言う。

綾香達は今、締めの手拍子も終え、店の外にわいわいと集まっているところだった。

「二次会行く奴ー、集合ーっ」

向こうの方で広沢の周りに人が集まっている。碧や白井も誘われているようだ。どうしようかと迷う綾香に気付き、碧が歩み寄ってくる。

「綾香、どうする？」

「そうね……」

と言いかけたところで、スマホの振動に気付いた。鞄から社用のスマホを取り出し、綾香は眉をひそめる。画面には『藤堂社長代理』の文字が表示されていた。

「ちょっと待って」と碧に断り、電話に出る。

「はい、水瀬です」

『藤堂だ。今日作成してもらった資料、一部変更してほしい。お前、今どこにいる？』

「駅近くの居酒屋ですが。今から社に戻りましょうか？」

『いや、いい。俺が帰宅ついでに持っていくから駅のロータリーにいろ。十五分後。分かったな』

「は、い？」

――ツーツーツー……

……切れている。綾香はしばらく呆然とスマホを握りしめていた。やがて、ふつふつと怒りが湧いてくる。

(相変わらず強引……！)

だが仕事である以上、ここで二次会に行くわけにもいかない。はあ、と深い溜息をついた綾香は、すまなそうな笑顔を碧に見せた。

「……ごめんね。急な仕事が入ったの。また今度にするわ」

「えーっ、今から？　会社に戻るの？」

碧が目を丸くした。

「ううん、駅のロータリーに社長代理が来るって……」

ぎらり、と碧の瞳が光った。その後ろから白井も声をかけてくる。

「水瀬、仕事か？」

「ええ……社長代理が駅まで迎えに来てくれるみたい。ここで失礼するわね」

「ああ、送って行くよ水瀬。こんな時間に女性一人じゃ危ないぞ」

白井の言葉に、綾香は「いいわよ、大丈夫」と遠慮した。しかし、碧が「だめよ！」と強く言う。

「綾香を一人にしたんじゃ、社長代理に私が怒られるじゃない。白井くんなら安心だし」

結局、押し切られてしまった。

「……じゃあ、店が決まったら連絡くれよ、早見」

「りょーかい。……じゃあ、綾香。『例の話』はまた今度ね～」

ばいばい、と手を振って、碧が皆のもとに戻っていく。ほら、行くぞ、と白井に促(うなが)されて、綾香は皆に挨拶した後、夜の繁華街を歩き出した。

「……良かったの？　白井くん。碧はああ言ってたけど……」

「いいって。あいつだけじゃなくて俺もそうしようと思っていたし」

遠慮がちに切り出した綾香に、白井はにこっと笑う。

白井と碧は、会社では『白井くん』『早見』と呼び合っているが、実のところ付き合いの長い恋人同士だ。お互いに信頼し合っているからこそ、「白井くんなら安心」と碧も言っていたのだろう。

「気を遣ってくれてありがとう。さすがは『課長』よね」

「それ、よしてくれよな……」

少し照れたように笑う白井は、精悍というよりどこか少年っぽい感じがして、綾香は思わず微笑んでしまう。

「今から仕事なんて、社長代理の秘書って噂通り大変なんだな」

「そうね、でも、仕事だから」

誰かの強引さに胸の中が若干――いや、かなりもやもやしてるが。

「あー……水瀬。あのさ」

「どうしたの？」

綾香は隣の白井を見上げた。明後日の方向を向き、口ごもるその様子を見て、綾香はピンときた。

「……碧のこと？　何かあったの？」

白井は照れ臭そうに、頭を掻いた。

「……その、俺とあいつ、付き合ってから、長いだろ？」

「そうよね、新入社員の頃からだから……七年目？」

「で……課長に昇進したこともあるし、そろそろ、と思って」

綾香は白井を見た。彼の頬が少し赤い。綾香はぱっと笑顔を見せた。

「碧に結婚を申し込むの？　いよいよね！」

四大卒の白井は今年で二十九。課長になったこのタイミングでプロポーズするのはちょうどいい。

綾香はうんうん、と頷いた。

「……と思っているん、だが」

はああ、と白井は深い溜息をついた。

「なかなかタイミングが難しくて。どう切り出せばいいのか……」

付き合いが長い分、改まって、というのが気恥ずかしいらしい。

「そうねえ……」

碧の性格から言えば、なんとなく匂わせるよりははっきり言った方がいいような気がするが……。

綾香はしばらく考え込んだ。

「ほら、記念日とかないの？　碧の誕生日はまだ半年ほど先だから、付き合い出した日とか」

「うーん、それもまだ先だしなあ」

悩む白井に、綾香は助け船を出した。

「じゃあ、課長になって初めて大きい契約取ったから、ってことにしたら？　営業部の報告書にあったわよ、白井くんの活躍」

「え」

ふふっと綾香は笑った。

「記念にって言って、お洒落なレストランに連れていって、そこでプロポーズすればいいじゃない。指輪も用意して」

「うん、そうするか。あ……なあ、水瀬？」

一瞬顔を輝かせたものの、すぐに困ったような表情になる白井に、思わずぷぷっと噴き出した。

「私でよかったら、相談に乗るわよ？　指輪、選ぶの難しいんでしょ？　私なら碧の好みとかも分かるけど」

「助かるよ。お前、本当いい奴だよな……」

「碧のためだもの」

ほっとしたような白井に、綾香はまた笑ってしまうのだった。


駅のロータリーに着くと、遅い時間にもかかわらずまだ大勢の人が歩いていた。地下のショッピングモールはもう閉まっていたが、飲み会帰りらしいサラリーマンのグループが何組も見える。

「じゃあ、ここでいいのか？」

「うん、ありがとう、白井くん。碧が待っているんでしょ？　早く行ったら？」

まだ終電前だし、駅前は明るいから大丈夫――綾香はそう言ったが、白井は首を横に振った。

「いや、一応社長代理が来るまでは……」

「責任感強いわよね、白井くんは」

綾香は白井を見上げて、ありがとう、と笑った。その時、後ろから低い声がかかる。

「……水瀬」

「じゃあ水瀬、またな」

振り向くと、そこには司の姿があった。白井が深々と頭を下げると、司も軽く頷いて応える。

「ええ、ありがとう。また今度ね、白井くん」

白井はもう一度司に挨拶をして、足早に立ち去った。その背中を見送った綾香は、司に向き合う。

「……それでどの書類でしょうか、社長代理？」

司は黙ったまま、綾香の腕を掴んだ。

「車内で話す。長くは停められないからな、こっちだ」

「え、あの……」

（また引きずられている、私!?）

おまけに司は、何だか不穏な空気を漂わせている。嫌な予感がする。

綾香は戸惑いを隠せないまま、いつかのように車までずりずりと引きずられていった。

「これをチェックしてくれ。付箋を貼ってある箇所だ。データはＵＳＢメモリに入っている。今日は送るから、自宅で修正して明日の朝一で提出してくれ」

車に乗り込んで早々、Ａ４サイズの茶封筒を渡された綾香は、「承知いたしました」と大きめのショルダーバッグの中にそれをしまった。

司がアクセルを踏み、静かに車を発進させる。エンジン音も静かな車内に、しばらく沈黙が続いた。

「楽しかったか？」

司の声に、綾香は瞬（まばた）きした。

「え、ええ、久しぶりでしたので。同期とも会えましたし」

綾香は司の横顔を見ながら言葉を継（つ）いだ。

「私……今まで妹がいたので、同期会にはほとんど参加していなくて。不義理なことをしていたんだ、と反省しました。ですから、これからはできるだけ……」

「そんな暇はないと思うがな。今日はたまたま仕事が早く終わっただけだ」

言葉を遮（さえぎ）られた綾香はむっと唇を歪（ゆが）めたが、すぐに冷静さを取り戻す。

「そう、ですね。仕事には差し支えないようにします」

司の顔を見ると、彼もまた苛立（いらだ）たしげに舌打ちをしていた。何なのだろうか、一体。隣から感じる嫌な雰囲気に、楽しかった同期会の余韻（よいん）も消えてしまった。

（私が仕事で手を抜くとでも思っているの、この人は⁉）

秘書の仕事に誇りを持っている綾香にとっては、最大の侮辱（ぶじょく）だ。綾菜と海斗の結婚準備で忙しかった時だって、綾香は一度も仕事に支障をきたしたことなどない。

むかむかと込み上げる怒りを堪えていると、司が言葉を続けた。

「……お前はこのまま海斗の秘書を続ける気か？」

「……え？」

ぽかん、と口を開ける綾香を横目で見て、司がふっと笑った。その笑みはどこか皮肉っぽい。

「海斗が新婚旅行から戻ってきたら、またあいつの秘書をする気か、と聞いている」

綾香は愕然とした。

（……海斗さんが戻ってきたら……？　私……何も考えてなかった）

二人が新婚旅行に行っている間に海斗への思いを忘れようとしていた。辛くてもそうしないと、と思っていたはずだったのに。

（この人を相手するのに精一杯で、今後のことなんて……）

そこまで考えた瞬間、綾香の思考の全てが停止した。

（私……っ⁉）

――ここ数日、海斗のことを考えてもいない。綾菜のことは心配しているのに。

（どうして……）

もう答えは分かっている。今、自分の隣に座っている、この男のせいだ。振り回されて、腹を立てて――そうしている間は海斗のことを思い出さなかった。

沈黙した綾香の耳に、低い声が入り込んできた。

「お前にその気があるなら、藤堂カンパニーに引き抜いてもいいが」

「え!?」

意外な言葉に、ようやく綾香の頭が動き出した。思わず横を見ると、真っ直ぐ前を見る司は、仕事で指示を出す時と同じ表情をしていた。

「引き抜き……って」

「ああ」

司は緩(ゆる)やかなカーブでハンドルを切った後、横目でちらりと綾香を見た。どくんと綾香の心臓が跳ねる。

「お前の実力は認める。藤堂の本社でも通用するだろう。俺の今の秘書は、今年定年で退職することが決まっている。だからお前をスカウトしたい」

「……」

初めて彼に仕事を褒(ほ)められたことで、綾香は驚いて目を丸くした。今まで皮肉しか言わなかった司が、自分の仕事ぶりを正当に認めてくれていたことが、すぐには理解できなかった。やがてゆっくりと胸の底から熱いものがこみ上げてくる。

(どうしよう……すごく、嬉しい)

仕事に厳しい司に褒(ほ)められることが、これほど嬉しいとは思っていなかった。傲慢(ごうまん)で腹立たしい男だと思っていたのに。綾香は熱くなった頬を隠そうとして少し俯(うつむ)いた。

(でも、実際……)

続けるのか辞めるのか、どちらにせよ、自分一人で決められる問題ではない。

「あの……」

綾香は言葉を選びつつ、ゆっくりと告げる。

「そう言っていただけて、とても嬉しいです。ですが、社長と相談しなくては。私の一存では決められません」

司の瞳が一瞬光ったが、すぐにああ、と軽く頷いた。

「海斗ともよく相談して決めるといい。あいつも義理の姉を秘書として使い続けることに、何か思うところがあるかもしれないしな」

「……はい」

綾香は混乱した思いを抱えたまま、助手席に座っていることしかできなかった。


「送っていただいて、ありがとうございました」

自宅アパート前で車を降りた綾香は、そう言ってぺこり、とお辞儀をした。司は、「また明日」と返し、車を発進させる。車が角を曲がるまで見送っていた綾香は、まだ気持ちが揺れていた。

(……どうしよう)

いろんなことが頭の中でぐちゃぐちゃになっている。自分の気持ちがよく分からない。続けたいのか、辞めたいのか。あの人の秘書として、藤堂カンパニーに行きたいのか。

(あんな傲慢(ごうまん)な人のところなんて……でも)

海斗と綾菜が戻ってくるまでに、決めないといけない。その時までに、このわけの分からない思いにも決着をつけないといけない。

はあ、と溜息をついた綾香は、次の瞬間——体を強張（こわば）らせた。

「よぉ、綾香……大きくなったな。いい女になったじゃねえか」

（この声——!!）

二度と聞きたくなかったダミ声。綾香はゆっくりと振り返った。

街灯の下から現れたのは、厭（いや）らしい笑みを浮かべた中年の男。以前より少し白髪（しらが）が増えていたが、この顔を見間違えるわけはない。優男風（やさおとこふう）だが、その瞳は欲にまみれて冷酷だ。薄汚れた作業着のズボンに両手を突っ込み、体を揺らしながら歩いてくるその男を、綾香はキッと睨（にら）み付けた。

（どうして、ここに!?）

ぎゅっと唇を噛んだ綾香に構わず、男がまた一歩近付いた。はっとした綾香も一歩後ずさる。それを見た男の目が細くなった。この辺（あた）りは閑静（かんせい）な住宅街で夜間は人気（ひとけ）もなく、古い自宅アパートにはオートロックもない。綾香には少しの油断も許されない。

「どうやら金持ちのいい男を捕まえたようだな、お前は美人だし、いい体してるしなあ。あの男の愛人にでもなったのか？」

「あなたにそんなことを言われる筋合いはありません」

全身を舐め回すような男の視線を退（しりぞ）けるべく、綾香はきっぱりと言った。

だが男は怯（ひる）むことなく、にやりと笑う。この厭（いや）らしい笑みも覚えていた通り。どうやら〝更生〟

などという言葉は、この男には縁のないものだったらしい。

「つれないねえ……あんなに可愛かったお前が。一緒に暮らした仲だろうが」

「私にとっては、地獄の日々でした。思い出したくもない」

撥ねつけるような綾香の声にも、男は全く動じていなかった。

「ま、それはさておき……俺が来た理由、薄々分かってんだろ？」

綾香は大きく息を吸い、そして吐いた。

「ええ。もしかしたら接触してくるかも、とは思っていました。ここの住所までご存知だとは思いませんでしたが」

「お前の住所じゃない……綾菜の住所を聞いたのさ、当時の施設に行って。まあ、大体の地域さえ分かりゃ、後は探偵雇えばここに辿り着くのは簡単だったさ」

綾香はぐっと拳を握りしめた。

「施設の方は、泣き落としししたら結構いけたぜ？　……なにせ、俺は」

綾香の前で、男はけらけらと笑った。

「あいつの、実の父親だからなあ」

——大谷了。綾菜の実父。そしてロクでもない男。

へらへら笑う大谷を睨み付けながら、綾香は口を開いた。

「あなたは、私達姉妹に暴力を振るったことで逮捕された前科者だし、そもそもお母さんと離婚した時点で親権も失ってるのよ。綾菜だってもう成人だわ。あなたなんかとはもう、何の関係もない」

「まあ、そう言うなって」

綾香が冷たい声で言い放とうとも、大谷の態度は変わらなかった。人を小馬鹿にしたような目つき。綾香は悪寒を覚え二の腕を擦った。

「すげえ玉の輿に乗ったんだろう、あいつ？　さすがは俺の娘ってとこだな」

「あなたなんか父親でもなんでもないわっ！　ロクに働きもせず、借金ばかりして……母さんがどれだけ苦労したと思っているの⁉」

ゆらり、とまた大谷が足を踏み出す。綾香はざっ、と後ずさりした。

「相変わらず気の強え女だよな。最後に会ったのはお前が高校生の時だったか。つんと澄ましやがって、いけすかないガキだと思ったが」

強張ったままの綾香の顔を見て、大谷はなおもニタニタと笑う。

「親権があろうとなかろうと、綾菜の父親はこの俺だぜ？　ダンナや親族に言ったら驚くだろうなあ……可愛い嫁の父親が前科者だって知ったら」

「……それで、黙っていてほしければ金をよこせってわけね」

綾香は吐き捨てるように言った。どこまでも性根の腐った男だ。

（こんな男に綾菜の幸せを台無しにされてたまるもんですか！）

綾香は毅然とした態度を崩さなかった。ぐっと腹に力を込める。

「言えばいいわ」

「あ？」

綾香の言葉に、大谷が初めて眉をひそめた。

「綾菜のご主人は全部知っているもの。あなたのことも含めてね」

「何だと!?」

大谷は、信じられないといった風に顔を歪めた。綾香はふふっと笑ってみせる。

「『弱みは隠すな。隠すから弱みになる。自ら公表すれば、弱みは強みになる』……母さんの教えよ」

綾香は視線を逸らさず、真っ直ぐに大谷を見た。綾香が高校生の時に亡くなった母親は、そんな風にとても肝の据わった人だった。綾香もその気性を受け継いでいる。

「あなたが脅しに行けば間違いなく恐喝で逮捕されるわ。綾菜のご主人はね、それはそれは綾菜を大切にしているの。そんな大切な妻を脅す男を、放置するわけないわ」

大谷の顔が強張った。少しの間、綾香の真意を確かめるように見据えていたが、やがて再びニヤリと口元を歪めた。

「ダンナはそうでも、マスコミに騒がれたりしたら、綾菜の立場も悪くなるだろ？」

「あなたの言うことなんか、信じてもらえるものですか。大体、綾菜が嫁いだのは……」

次の瞬間、大谷が大きく足を踏み出した。咄嗟のことに不意を突かれた綾香は、気付けばごつごつした手に右腕を掴まれていた。振りほどこうと体を捻るとショルダーバッグが肩から滑り落ち、足元に中身が散らばった。

「離しなさいっ……！」

へっと小馬鹿にしたような笑いが、大谷の口から漏れた。その目がぎらりと厭らしく光る。右手を捩じり上げられ、綾香の顔が歪んだ。顎を掴まれ、大谷の顔が間近に迫ってくる。ヤニに染まった歯がやたらと目についた。思わず顔を逸らそうとしたが、節くれだった指がそれを阻んだ。

「綾菜が無理なら、お前でもいいんだぜ？　ネットでお前の裸画像をまき散らすってのも、いいよなあ？」

綾香の心の枷が音を立てて外れた。

「何、言ってるの、よっ……！」

かつて習い覚えた空手の技を繰り出そうと、綾香が右膝を折った瞬間――ふっと、体に自由が戻った。

「……ぐがっ!!」

「え!?」

綾香は目を見張った。さっきまで綾香の腕を掴んでいた大谷の手は、彼の背中側に捩じり上げられていた。さらには後ろから回された腕に首を締め付けられ、大谷の口からは苦しげな呻き声が漏れる。

「俺の〝婚約者〟に何する気だ？」

助けられた綾香の背筋さえ寒くなる、低い低い声。

あの夜を上回る怒りのオーラを纏った司が、大谷を背後から拘束していた。

「ぐはっ……！」

司が首に回した腕に力を入れると、大谷の顎が苦しげに上がっていく。見る見るうちに、大谷の顔色が悪くなる。

「ちょ、ちょっと待って！　殺したりしないで！」

綾香は焦って叫んだ。すると、ちらと綾香を見た司が、大谷の体を突き飛ばすようにして解放した。一、二歩よろめいた大谷はげほっげほっと咳き込む。

司は綾香の肩をぐっと抱き寄せ、大谷に凍り付くような視線を投げた。

「……で？　こいつの裸がどうとか言っていたか？」

威圧感のある声に、綾香まで身動きできなかった。大谷の瞳に恐怖が宿るのが見える。

「い、いや、そんなこと言ってねえ」

「もし、そんなことを実行してみろ。婚約者である俺が黙っていないぞ。どこに隠れようと、必ず報復してやる。生きていることを後悔するくらいにな」

怖い。恐ろしく怖い。大谷の脅しにも屈しなかった綾香だが、その言葉には恐怖を覚えた。

（本当にやる気だ。この人は）

大谷も司が本気であると感じたのか、真っ青な顔でじりじりと後ずさる。

「そ、そんなことはしなっ、わ、悪かった、綾香……っ」

「こいつの名を、馴れ馴れしく呼ぶな」

ひいっと大谷が悲鳴を上げる。司がちらりと綾香に視線を向ける。荒々しい感情がむき出しになった瞳に、びくっと綾香の肩が震えた。

「今日のところは、こいつの顔を立てて勘弁してやる。二度と姿を見せるな……分かったな？」

「わ、分かったっ」

大谷はそれだけ言って驚くような速さで走り去っていった。綾香は呆然とその後ろ姿を見送った。

「……大丈夫か？」

司の声に我に返る。見上げると、すぐ傍にあるのは心配そうな瞳だった。どくん、と心臓が大きく跳ねた。

「だいじょう、ぶ……です」

電信柱の向こうに、司の車が停まっているのが見える。いつの間に戻ってきてくれたのだろうか。大谷の相手をするのに必死で、全然気が付かなかった。

司は綾香から手を離し、長身を屈めて散らばったバッグの中身を拾い集めた。

「ほら」

「あ、りがとう……ございます」

ショルダーバッグを手渡され、綾香は礼を言った。

「あの……どう、して」

社長代理ががここにいるんですか？

言葉にならなかった問いに、司が答える。

「さっきお前に渡した封筒に入れ忘れた書類があった。それで引き返してきたら……」

――大谷と綾香が揉み合っていた、ということか。

綾香はじっと司を見た。

(ものすごく機敏な動き、だったわよね……)

空手をかじったことのある綾香だが、司の切れのある動きには心底驚いた。普段から相当鍛えているのだろう。

はあ、と司が疲れたような溜息をついた。

「着替えを取ってこい」

「は？」

綾香は目を丸くした。すると司が呆れたように言葉を継ぐ。

「しばらく余所に泊まるための荷物を持ってこい、と言っている。お前、あの男に住所を知られたんだぞ？　そんな状況で家に帰せると思うのか」

「え」

綾香が目をぱちくりさせると、再び司の口から溜息が漏れた。

「それとも、俺がここに泊まる方がいいのか？」

(……泊まる!?)

綾香を見て司が口の端をにやりと上げた。

「俺は別にかまわないが。妹のベッドが空いているんだろ？」

そこまで言われて、ようやく綾香は司の言葉の意味を理解した。ぱっと頬が熱くなる。

「い、いえっ！　と、取ってきますっ！」

慌ててアパートの玄関に駆け込んだ綾香の後ろ姿を、司は無表情のままじっと見守っていた。

数日分の着替えを詰め込んだボストンバッグを抱え、司の車に乗った綾香は、彼の言葉を聞いて、

「俺のマンションに行くぞ」

「はぁ!?」と素っ頓狂な声を上げた。

「べ、別に、駅前のホテルで十分ですが……っ」

反論してみるものの、じろりと睨まれ二の句が継げなくなった。

「あんなことがあった後で、不特定多数の人間が出入りするホテルに、お前を置いておけるとでも？」

「いえ、あの……」

「それから、さっきの男のことを詳しく説明しろ。敵を知れば対処もしやすいからな」

いえ、だから、どうして、と問い詰めたくなるものの、何とか丁寧な断り文句を考える。

「これ以上、社長代理のお手を煩わせるわけには……」

ぎろり、と司がこちらを見る。

……怖い。突き刺さってくる視線はブリザード級の冷たさだった。綾香は思わず助手席で首をすくめる。

「もういいから、黙ってろ」

体にみしみしとのし掛かるような威圧感に、「はい……」と返すしかない綾香だった。

豪華なホテルのようなロビー。煌(きら)びやかなシャンデリアに、濃い緑の観葉植物。中央に置かれているのは優雅な曲線を描(えが)くソファ。

「お帰りなさいませ、藤堂様」

司の自宅だというマンションのエントランスに入ると、黒いスーツを着た男性が深々と頭を下げて司を迎える。

「ああ、ただいま。今夜は、誰が訪ねてきても取り次がないでくれ」

「承知いたしました」

ぐいっと腕を引っ張られ、綾香はよろめきながらも司についていく。

「あ、あの人は」

「このマンションのコンシェルジュだ。二十四時間、誰かが入り口にいる」

説明されるも、自分のアパートとはかけ離れすぎていてついていけない。アールデコ調の飾りがついたエレベーターのボタンを司が押した。ピンポン、という音と共にドアが開く。

「ワンフロアに一軒しかないから、ここなら安心だ」

司に促(うなが)されて乗り込むと、すっと音もなくドアが閉まりそのままエレベーターが上昇していく。

司が押したのは最上階のフロアのボタンだった。

（お、お金持ちだっていうのは、よく分かったから！）

できれば解放してほしい。あの男に脅されても、腸が煮えくりかえるような怒りが湧いてくるだけで、恐怖はなかった。一瞬不覚を取ってしまったが、あれくらいなら反撃できる自信もある。女所帯で不用心だからと、腕に覚えのあった母が一通り護身術を教えてくれていたからだ。むしろ怖かったのは、この人が来てからだ。

「本当に、大丈夫ですからっ」

もう一度抗議してみるも、司の全身を覆うどす黒いオーラに負けた。最上階に着き、静かに開いたエレベーターのドアから、艶やかな木目調の玄関ドアまで歩く間も、司は綾香の腕を離さなかった。

司はカードキーをかざしてドアを開けたかと思うと、文字通り綾香を部屋に引きずり込んだ。乱暴にドアを閉める音。ぽいっと急に手を離され、綾香はよろめいた。振り返って司を見れば、無表情でこちらを見ている。

「あ、あの……」

綾香が恐る恐る言葉を掛けると、彼は一拍置いた後、はあと深い溜息をつき、奥へ綾香を促す。

リビングに入ると、五メートル四方はありそうな大きな窓ガラスから、綺麗な夜景が見えていた。白い天井の中央に設置された金とガラスのシャンデリアが、温かな光で部屋中を照らしている。優雅な曲線を描く飾り棚には、洋酒のボトルやグラスが並び、艶のあるテーブルの脚にはさりげなく彫刻が施されていた。まるでどこかの雑誌に「豪邸紹介！」というタイトルで載っていそうな内装だ。

ぼんやりと室内を見回す綾香に、司が声をかける。

「こっちに客室があるから、そこを使え。専用のバスルームもついているから、汗を流してきたらどうだ」

「はい……」

確かに汗でべたべたで、気持ちが悪かった。綾香は小さく頷き、司が指し示したドアを開ける。

次の瞬間、綾香は目を見張った。広いベッドルームには、テーブルや椅子、冷蔵庫もあり、司の言う通り、専用のバスルームまでついていた。どうやらアメニティグッズまで用意されているらしい。

(本当に、ホテルの客室みたい。どんな人が泊まるんだろう……)

とにかく、大谷に触られたところを洗いたい。綾香はさっさとシャワーを浴びることにした……

客室のドアのカギを掛けて。

(この格好で、あの豪華なリビングに出ていくって、勇気いるわね……)

白のTシャツに、下は紺色のジャージ。オレンジの線が入った短パンだ。実は高校の時の体操服で、着心地の良さゆえに、長年部屋着として愛用している。一人でホテルに泊まるのだとばかり思っていたから普段着を入れたのに、と綾香は半ば恨むように自分の姿を見下ろした。

(ああ、もう、いいわっ)

かちゃり、とカギを回してドアを開け、司が待つリビングへと足を踏み入れる。

リビングのソファに座り、琥珀色の液体の入ったグラスを傾けていた司は、どしどしと入ってきた綾香を見て、一瞬固まった後――大笑いした。

「……笑いすぎじゃありませんかっ⁉」

お腹を抱えて苦しそうに体をよじる司に、綾香はぶすっとしながら言った。

「す……すまな……」

ぶぶっとまた噴き出す司に、いっそ後頭部に蹴りを入れてやろうか、とやけくそ気味に思う。

「い……意外に似合っているな」

「それはそれは、どうもありがとうございますっ！　なにせ高校生の時からの愛用品ですから」

綾香が開き直り、司の向かいのソファにどかっと座った。

やがてようやく笑いが収まった司はグラスを置いて立ち上がり、洋酒のボトルが並んだ棚からワインを一本選んで取り出した。新しいグラスに、赤みがかった紫色の液体が注がれる。

「ほら。今日は飲んでも大丈夫だろ」

じろっと司を睨んだ綾香は差し出されたグラスを受け取り、ぐいっと一口飲み込む。アルコールで喉がカッとなったが、もう気にしない。

そんな綾香を司は面白そうに見ていたが、不意にその瞳が冷静になった。

「……で？　あの男との関係を洗いざらい話せ」

まるで詰問されるような口調に加え、先程の大谷への怒りもよみがえってきた綾香は、むかむかとする心を抑えながら口を開いた。

「私の……元、義理の父親です。私が小学一年の時、母があの男と再婚しました」

説明しながら、両手でグラスを握りしめる。

「元々、嫌な男でした。母もすぐに結婚を後悔していたみたいですが……綾菜を身ごもったから……」

当時、年下で若かった大谷に母性本能をくすぐられたのだろう。そんな母親の情にすがった大谷は、ほどなく本性を見せ始めた。

「直接暴力を振るわなくても、厭らしい言葉を投げ付けてきたり、つねったりするので……私はいつもあの男から逃げていました」

司は黙ったまま、綾香の言葉を聞いていた。

「綾菜が生まれた頃にはほとんど家にも帰らなくなって……その方が、私にはよかったんですけど」

そこまで話したところで、綾香はぎりっと奥歯を噛みしめた。

「だけどあの日——あの男が、金をせびりに家に戻ってきた時——」


『うっせえんだよ、このガキ!!』

『うわあああああああん!!』

『綾菜に何するのよっ!』

『本当に小憎たらしいガキだぜ、お前も!』

『ああああん』

『黙れ、うるせえ！』

『綾菜！　あやなーっ！』


「……まだ二歳の綾菜を。風邪で熱があって、ぐずぐず言っていただけなのに……あの男は」

どろどろしたマグマのような怒り、いや憤怒（ふんぬ）が、綾香を支配した。

「蹴り飛ばしたんですよ!?　その後殴ろうとして……っ」

あの時綾香は、必死で綾菜の体を抱きしめて庇（かば）った。けれど大谷はそんな綾香の背中を蹴り、髪の毛を掴んで引きずり回した。それでも綾菜を離さない綾香に、大谷が手を振り上げた瞬間――外出していた母親が帰ってきた。

綾香はグラスの酒を半分ほど一気に飲んだ。司は何も言わなかった。

「一目見て、母は状況を理解しました。大谷は躾（しつけ）だとかなんとか、言い繕（つくろ）おうとしていましたが、母は……」

綾香は、本気で怒る母親をその時初めて見た。鋭（するど）い光を瞳に宿した母親は、大谷を一瞬で叩きのめしたのだ。

「母はすぐに警察へ通報して、あの男は綾菜と私への傷害罪で逮捕されました」

「……」

「それから、会っていなかったんです。……十年前、母が亡くなるまでは」

母親が病気で亡くなった時、綾香と綾菜には保険金が遺された。すると、どこで知ったのか、大谷がいきなり連絡してきて、綾菜を引き取ると言い出したのだ。どう見ても、保険金目当てだった。

「あなたなんかに綾菜は渡さない、そう言った私に大谷は乱暴しようとしました」

どこまでも下衆な男だった。綾香はふっと暗い笑みを浮かべた。

「……母は大谷の性格を分かっていました。だから、自分が死んだら、すぐに近所の民生委員や市役所の担当者に連絡しろ、と」

大谷が綾香の腕を掴んで、押し倒したところに民生委員が割って入ってきた。隣の部屋に控えてもらっていたのだ。民生委員はすぐに警察に連絡した。

本当は、この手で叩きのめしたかったんですけどね、と綾香は呟く。

「大谷は再逮捕され、親権の主張もできなくなりました」

民生委員はその後、綾香達の後見人も務め、二人がこれまで通り一緒に暮らせるように手配するなど、あらゆることに力を貸してくれた。だが、母の保険金があるとはいえ、贅沢はできない。だから綾香は、進学校だった私立高校を退学して夜間高校へと移った。高卒よりも短大卒の方がいい就職先が見つかる、とその民生委員が進学を勧めてくれたので、短大だけは卒業したのだった。

「どうして、お前の妹の姓は『大谷』のままだったんだ？　母親の姓には……」

司の言葉に、綾香は首を横に振った。

「母は地方の旧家の出身で、色々あって出奔したのだ、と言っていました。だから子どもには、自分の姓を継がせない、と」

「じゃあ、お前の『水瀬』というのは……」

「亡くなった私の父の姓です。母は大谷と離婚した後に旧姓に戻りましたから、うちの家族は三人とも違う名字だったんですよ」

「……そうか」

綾香は真っ直ぐに司を見た。

「綾菜はあまり知らないんです、大谷のことを。怪我をさせられた時はまだ二歳だったし……十年前も、家の外に出していたから」

「海斗が事情を知っているのは、本当か？」

「はい……私が話しました。隠せば大谷につけ込まれる、と思っていましたから。読み通りでしたね」

綾香は残りの酒を飲み干し、とん、とサイドテーブルにグラスを置いた。

「大谷がどんなに卑劣な男でも、綾菜には何の罪もありません。あの男のために、綾菜が泣くなんて……絶対に許せない」

ふう、と司の口から溜息が漏れた。俯き加減で空になったグラスを見つめる綾香に、彼が声をかける。

「お前がやたらと妹の心配をする理由は分かった。だが……」

続く彼の言葉に、綾香の頭は真っ白になる。

「……もう、その役目は海斗のものだ」

「え？」

綾香は顔を上げる。司の瞳は――真剣だった。

「お前の妹の騎士は海斗だ。……もうお前は、今までのように妹のことばかりを考えなくてもいい」

「そ、んなこと――」

あなたに言われなくても、分かっている。そう言おうとした綾香だったが、言葉が出なかった。

もう、妹には、海斗がいる。

もう、綾菜には……

（私は……必要、ないんだ……）

自分がいなくても、海斗があの子を守ってくれる。

妹の笑顔を思い出し、綾香の胸はずきずきと痛んだ。

（綾菜……）

「……分かっています。私の役目は、もう終わったんだって」

海斗なら、綾菜を幸せにしてくれる。綾菜も海斗の傍にいれば、たとえ大谷が来たって大丈夫だろう。

妹の幸せを、こんなにも願っているのに。ずっとずっと願ってきたのに。なのに、何故。こんなにも。

「……泣くな」

いつの間にか自分の隣に腰かけていた司に抱きしめられるまで、綾香は自分が涙をぽろぽろこぼしていたことに気が付かなかった。

(何、言っているの、この人は？)

「泣いて……なんか」

どうして彼はこんなに温かいんだろう。

はあ、と重い溜息と共に、大きな手が綾香の頭を撫でた。

「……今夜ぐらい、素直に甘えていろ」

優しくて甘い声。あの夜と同じ。

「うっ……く……」

いつの間にか、綾香の両手は、目の前のワイシャツを掴んでいた。涙が次から次へとこぼれ落ちる。

(どうして泣いているの？　どうして寂しいの？　どうして……この温かさが、心地いいの……？)

自分でもわけの分からないまま、綾香は肩を震わせる。司は何も言わず、そっと綾香を抱きしめていた。

＊　＊　＊

『お姉ちゃん』

綾菜が笑う。

『お姉ちゃん、私、海斗さんが好きなの』

（……綾菜）

『海斗さんも早く結婚したいって』

（でも……まだ二十歳になったばかり、なのに）

『お姉ちゃんは海斗さんのこと、まだ〝社長〟って呼ぶのね。海斗でいいって言われているのに』

（だって……そう呼ばないと……）

綾菜の隣に海斗が立ち、彼女の肩を抱いた。綾菜は輝くような笑顔で海斗を見上げている。

『君は最高の秘書だよ』

海斗の口からこぼれる言葉。

（……違う、の……）

『綾菜のことは大切にする。傍にいて、守ってやりたいんだ。俺のこの手で』

（じゃあ、もう……私、は……）

両手に顔を埋める。津波のような感情が、綾香を襲う。流される。必死にもがいても、もがいても、苦しさから逃れられない。息が詰まる。

渦潮に巻き込まれそうになった綾香の腕を、誰かが掴んだ。ぎゅっと温かな胸に抱きしめられる。

呼吸が楽になり、ほっと力が抜けた。耳に熱い息がかかる。

『お前を……』

（……誰？）

低くて甘い声……いつか聞いたような。大好きな声。

（あなた、は……）

綾香は、その人を捕まえようと、声のする方へ手を伸ばした……

「……ん、ん？」

うっすらと開けた目に、カーテンの隙間から差し込む光が眩(まぶ)しい。見慣れない白の天井は、金の装飾が施(ほどこ)されていて豪華だ。

（ここ、ホテルかしら……？）

しばらくぼーっとしていた綾香だったが、はたと気が付き、がばっと起き上がった。

「え、ええっ!?」

辺(あた)りを見回す。自分のボストンバッグが、寝ていたベッドの脇に置かれている。白を基調とした家具が揃(そろ)ったホテルの一室――ではなく、司のマンションの客間。

（いつの間にここに!?）

ベッドから下りて壁時計を見る。六時半。

（確か……シャワーを浴びて……リビングでお酒を飲んで……それから……）

「@★&$%##～～っ！！！！」

思わず、奇声を上げてしゃがみ込んでしまった。顔がかあっと熱くなる。

（わ、わ、私……っ、も、もしかして……抱き付いて泣いた⁉　あの人に⁉）

ワインをグラス一杯しか飲んでいないのに、その後の記憶がない。あれで酔っぱらってしまった？　いやそれよりも、酔っぱらった自分をここまで運んで寝かせてくれたのは。

（……っ！）

綾香は頭を抱え込んだ。

（どうして、いつもこんな姿ばかり見られるの⁉　どうしていつも、あの人なの⁉　ああ、もう絶対お酒なんか飲まないっ‼）

自己嫌悪が収まらない綾香の耳に、おぼろげながらも昨日の記憶がよみがえった。

『……泣くな』

耳に残る優しい声に、ますます居たたまれない気持ちが襲ってくる。

（このまま部屋を出たくない……だ、だって、どんな顔すればいいのよっ⁉）

でも、もう支度をしないと遅刻してしまう。ううう、と呻きつつも綾香は立ち上がり、バスルームの方へ歩いていった。


赤くなった目は冷やして何とか元に戻し、メイクもいつもより濃いめにした。着ているのは、紺色スーツ。洗面台の鏡に映るのは、普段通りの自分だった……見かけだけは。

重い溜息と共にリビングに続くドアを開く。その途端に、ふんわりと漂ってきたのは、香ばしいコーヒーの香り。綾香のお腹が鳴りそうになる。

「おはよう。朝食ができているぞ」

ワイシャツにスラックス姿の司が、ちょうどオープンキッチンから白いダイニングテーブルへと料理を運んでいるところだった。目が合うと、途端に心臓が跳ねる。

「お、おはよう……ございます」

思わず小声になり、俯き気味に視線を逸らしてしまう。そんな綾香を見て、にやりと司が笑みを浮かべた。

「コーヒーでいいか？」

「は、はい……」

綾香が躊躇いながらも席に着くと、司は綾香の前にコーヒーを置いて、自分も向かいの席に座る。いい香りのするロールパンに、スクランブルエッグ。そしてサラダ。まるでホテルの朝食のようだ。

「……いただきます」

パンをちぎって口にする。ほんのりと甘い。スクランブルエッグもちょうどよい塩加減だった。

「あの、これ……」

ああ、と司が言った。

「俺が作った。好きなんだ、料理。家にいる時はなるべく自炊している」

うっ、と綾香はフォークを落としそうになった。

（ま、負けた……っ）

そう。綾香の最大の弱点は、料理。この歳になっても、炒飯さえ焦がしてしまうくらいなのだ。気まずさを感じて黙り込んだ綾香を見る司の瞳には、妖しい煌きが宿っていた。


「……ごちそうさまでした」

食後のコーヒーを口にする綾香を見ながら、司が口を開く。

「昨夜、海斗に連絡した」

突然落とされた爆弾に、思わずむせ返った。ごほごほと咳をしながら、コーヒーカップをだん、とテーブルに置いて司を睨み付ける。

「ど、どうして……っ!?」

返ってきた司の声は冷静だった。

「これからの対応も含めて、海斗と情報共有する必要があるからな」

「そ、それは」

反論できない綾香に対して司は、大谷が綾香の家まで来たこと、そして脅しをかけたことを隠さず海斗に伝えた、と言う。

「海斗もお前の妹も、お前のことを心配していたから、俺の家にいる、と言っておいた」

「は、い!?」

綾香の声は上ずった。

「こ、ここにいるって言ったんですかっ!?」

（な、なんてことしてくれるのよ⁉）

「ああ。お前の居場所を知りたがっていたからな。ここにいれば安心だってことは海斗ならよく分かっているはずだ」

司がしれっと言葉を継ぐ。

「そ、そういうことではなくて、ですね‼」

綾香はテーブルに両手を叩き付けながら立ち上がる。

「あなたの家に私がいるってことが、そもそもおかしいじゃないですかっ‼」

司が綾香を見上げる。その鋭い目つきに、綾香はうっと詰まった。

「別におかしくないだろう。お前と婚約した、と言ったからな」

「……はい？」

綾香の目が丸くなった。しばし頭の中が真っ白になる。

（え、え、こここ、婚約って⁉）

「ええええええええええええっ⁉」

綾香が出した大声にも、司は動じなかった。素知らぬ顔でコーヒーを飲んでいる。

「な、何で、そんなことっ……‼　大体私、同意していませんけど⁉」

「婚約者よりも、愛人の方がいいのか？　俺はどちらでも構わないが」

司はコーヒーカップをテーブルに置き、事もなげに言った。

「だ、だから、どうして、そんな選択肢しかないんですかっ⁉」

「あの男の一件が片付くまでは、元の家には戻れない。ホテルも危険だ。ここなら安心だが……」

綾香を見つめる司の瞳が妖しく揺れる。綾香の体はヘビに睨まれたカエルのように固まってしまった。

「ここにいる適切な理由が必要だろう。それで〝婚約〟が最適だ、と判断したが？」

ビジネス口調の冷静な声。それと裏腹な熱い瞳。

綾香は口をぱくぱくさせたまま、言葉を失った。頬が熱くて仕方がない。

くすりと司が笑う。その笑みに、どくんと心臓が跳ねた。

「あの男の件が片付いたら、婚約解消すればいい。それでどうだ？」

「あ、あの……このこと、他の人、には」

「別に言う必要もないだろう。海斗とお前の妹を安心させることが目的だからな」

それを聞いて綾香は少しほっとする。

婚約者とされたことは釈然としないが、実際問題、あのアパートに帰る気はしない。大谷に付き纏われるのは怖くないが、うっとうしい。かといって、今から新しい住居を探すとなると時間も手間もかかる。司の案は、少なくとも当面の平穏な生活を確保してくれるものだ。何より、新婚の綾菜に余計な心配を掛けたくない。

（仕方ないか……早く部屋を探して、引っ越しすればいいんだもの）

綾香は渋々「分かりました」と呟いた。俯き気味だった綾香は、司が満足げな笑みを浮かべたことに気が付かなかった。

その十数分後。

「いえ、ですから、私は地下鉄で……っ」

そんな抵抗も空しく、綾香はずるずると司に腕を掴まれたまま、地下駐車場へと連れていかれるところだった。

「同じ会社に出勤するのに、非効率な方法を取ろうとするな」

「こ、効率とかの問題じゃありませんっ！　社長代理と同じ車で出勤というのが、問題なんですっ！」

「見られて困るものでもないだろう」

「困ります！　社内で余計な噂を立てられたくないんです！」

「なら、婚約発表するか？　それなら皆納得するだろう」

「そんなことしたら、解消した後が大変じゃないですかっ!!　セレブ男性から捨てられた女に世間の目は厳しいんですよ！」

「俺がフラれたことにすればいいだろうが」

「誰が信じるんですか、そんなことっ！」

ぜいぜいと荒い息を吐きながら綾香は抗議を続けたが、ただ自分の非力さを思い知らされただけだった。

「あああ、もう……」

助手席で両手に顔を埋(うず)める綾香の耳に、嫌味っぽい声が響く。

「俺と一緒にいるのが、そこまで嫌だとは光栄だな、婚約者殿」

だから、そういう問題ではないのに、と綾香は溜息をついた。

「もう少し、周りの目というものを考えて下さい……」

大体、出会ってすぐに婚約など、金目当てで秘書が社長代理を誑(たぶら)かした、と思われても不思議ではない。

そう言うと、運転中の司は不可解そうに綾香を見た。

「海斗の結婚式でお前に一目惚れした俺が、お前と過ごすために社長代理としてやってきた、でいいんじゃないのか？」

「!!」

綾香の顔が一気に熱くなった。

(も、もう、あの夜のことは思い出させないでほしい……っ！)

思わず黙り込んだ綾香に、司はくすりと笑った。

「噂にならないように、手は回しておく。それで我慢しろ。今はお前を一人にしないことが重要だからな」

そこまで過保護にしなくても、と思ったが、司の真剣な表情を見た綾香は反論するのをやめた。

後は、「はい……」と半(なか)ば諦め気味の返事をするしかないのだった。

「同棲してるの、社長代理とっ⁉」

「み、碧っ、声が大きいって！　そ、それに同棲じゃなくて、間借りだって！」

咄嗟にきょろきょろと周囲を見回してしまうが、構わず碧は突っ込んでくる。

「どっちでも一緒よ！　同じ部屋で暮らしてるんでしょ⁉」

ううう……と綾香は呻いた。昼休み直前にスマホが鳴って、うっかりその電話に出てしまったのが運の尽きだった。

『あ～や～か～、今日ランチ一緒に行くわよっ。分かっているでしょうねえええ……』

脅すような碧の声に、綾香の口元はぴくりと引き攣った。

昼休憩に入ると、碧は宣言通り綾香を誘いに現れ、そのまま半ば強引に拉致した。

「大丈夫よ、ここなら。会社の人になんて、会ったことないもの」

そう言って碧が綾香を連れていったのは、駅前の大通りから一本外れた道路にある、小さなパブだった。碧曰く、「飲み屋としては有名だけど、こっそりランチもやっていることはあまり知られていないのよね」とのことだった。

わずかに灯りを落とした店内は落ち着いた雰囲気で、碧と綾香は衝立で区切られた二人掛けのテーブルに座った。

碧は食事もそこそこに、獲物に食らいつく肉食獣のごとく、綾香に司との関係を追及していた。

「しっかし、手が早いわねえ、社長代理……段取り良すぎ」

「だから！　違うって！　こうなったのは成り行きでっ」

反論するものの、碧はじとーっとした目で綾香を見て、溜息をついた。

「綾香って、才女のくせに恋愛偏差値低すぎよねえ……」

そりゃ仕事と妹さんの世話に明け暮れていたらそうなっちゃうとは思うけど、と碧が嘆く。

「あのね、綾香。どう考えても社長代理はあなたに気があるでしょ」

「そ、そんなこと、ないわよっ‼　いつだって意地悪で俺様で、皮肉ばっかり言ってっ！」

慌てて否定した途端、司の言葉が頭によみがえる。

『だからこれからは酔っていないお前を口説く。分かったか？』

また頬が熱くなった。そんな綾香を、碧は興味津々といった顔つきで見ている。

「……で？　綾香はどうなのよ」

「私？」

碧にじろっと睨まれ綾香は思わず縮こまる。

「社長代理のことよ。どう思っているの？」

「それ、は……」

(私はあの人を、どう思っている……？)

「鼻持ちならなくて、威張りんぼで、皮肉屋で、意地悪で……」

そして時々、堪らなく優しい。

司のことを考えると、わけの分からない感情が胸を締め付ける。怒りと恥ずかしさと、そして――名前のつけられない、何かが。

「分から、ない……」

綾香は俯いて、ぽつり、と本音をこぼした。

「社長への気持ちとは違うの？」

その言葉に、綾香ははっと顔を上げる。碧は真っ直ぐにこちらを見ていた。

「あなた、ずっと社長のこと、好きだったでしょ？」

「碧……」

呆然とする綾香に、碧は安心して、とばかりに言った。

「周りは気が付いてないわよ。綾香は上手に隠していたから。長年付き合ってきた私だから、分かっただけよ」

今まで誰にも言ったことがないこの思いを、分かってくれている人がいた。綾香は胸の奥が熱くなるのを感じた。そんな友人の優しさに応えるためにも、綾香は懸命に答えを出そうとする。

「……違う……と思う……」

しばらくの沈黙の後、絞り出すように綾香は言った。

「社長……海斗、さんは」

優しい笑顔。優しい声。温かくて、傍にいると落ち着いて……ずっと一緒にいたいと思っていた。

「憧れの、人だった。最初に会った時から」

でも。

「海斗さんは、綾菜が選んだ人だから……」

ふう、と碧が溜息をつく。

「それで？　あなたは妹さんのために、思いを封印したってわけでしょ？」

「……」

黙ったまま、綾香は頷いた。碧はしばらく考え込んでいたが、突然、拳で綾香の頭をぽかり、と叩いた。

「いたっ!?」

頭を押さえた綾香に、碧はもう、と頬を膨らませた。

「綾香、あなたは気を遣い過ぎ！　正々堂々、妹さんと勝負すればよかったのよ」

「碧!?」

「そうしていたら、たとえ負けたって、こんなうじうじしなくて済んだでしょうが」

「みど、り……でも……」

綾菜の幸せの邪魔になるようなことなんてできない——そう綾香が言うと、碧は「ったく……」とぼやいた。

「だったら……その程度だった、ってことよ。社長への思いは」

「え……」

綾香を見る碧の眼差しは、真剣だった。

「戦わずして、諦められたんでしょ？　そりゃ、心は痛んだでしょうけど」

でもね、と碧が続ける。

「もし私だったら……例えば白井くんのことを綾香が好きになっていたら、私、相手があなたでも戦っていたわ」

「碧……」

「それで私が負けたとしても、恨みっこなし！　きっと二人のこと、祝福して……陰でこそっと綾香に意地悪したかな。ははっ」

途中までいい話だったのに……と綾香は碧に微妙な視線を投げた。

「ま、それは冗談だけど。とにかく！　綾香、あなたには社長代理の方が合っているわ」

「そ、そんなこと、言われても」

びし！　と人差し指を突き付けられ、綾香は口ごもった。

「よーく考えなさいよ！　あんな優良物件、そうそういないわよ⁉　藤堂財閥の本家筋で、いずれ当主になること確実。背が高くて顔が良くて頭もいい。ハイスペックじゃない」

でも、性格は難あり、だ。綾香は遠い目をしてしまう。だが、碧はなおも畳みかける。

「私は、綾香に幸せになってもらいたいのよ。あなたはいつだって人のことばっかりで、貧乏くじ引いてさ……」

「碧……」

「あ、相手は別に社長代理じゃなくてもいいのよ？　綾香には、丸ごとあなたのこと好きになってくれる人と一緒になってほしいんだから」

「ありがとう……碧」

自分を心配してくれている彼女の気持ちが、嬉しかった。碧はへへっと照れたように笑う。

「あ！　でも！　白井くんはだめよ！　手を出したら、ねちねち意地悪するわよ！」

「分かっているわよ」

碧と綾香は目を合わせて、同時にくすりと笑った。

「やけに大人しいな。何かあったのか？」

物思いにふけっていた綾香は、司の声に運転席の方を向いた。彼は横目でこちらを見ている。

「べ、別に……なんでもありません」

（碧～っ、あんなこと言うから、余計に意識しちゃうじゃない！）

今さら、綾香は心の中で碧に文句を言いまくっていた。司とはそんな関係ではないというのに、昼間の会話のせいでどうしても一挙一動が気になってしまう。

今、綾香は司の車の中にいた。

昨夜は必要最低限の物しか持ち出さなかったから、もう少し荷物を持ってきておきたい。仕事を終えて、一度自分のアパートに寄ってから司のマンションに戻ることにしよう。綾香はそう決めて司に報告したのだが、それを聞いた司は一緒に行くと言い、有無を言わさず綾香を車に乗せてアパートまで連れてきたのだ。そして、荷物を詰めた段ボール箱やボストンバッグを車に積んで、再び綾香と共に自宅マンションに向かっているところだった。

（大谷のことなんか怖くないって言ったのに、譲らなかったわね、この人……）

綾香は隣を盗み見る。彼は前を向いていた。綺麗な横顔。その表情は、何を考えているのかよく分からない。

『あのね、綾香。どう考えても社長代理はあなたに気があるでしょ』

またもやよみがえってきた碧の言葉に、赤くなりそうな頬を両手で押えさる。

（気がある、って……）

その割には、皮肉ばかり言われているような気がするのだけれど。

『社長への気持ちとは違うの？』

それは違う、と断言できる。海斗を思う穏やかな気持ちと、この人への荒れ狂う嵐のような気持ちは、全然違う。

『だったら……その程度だった、ってことよ。社長への思いは』

（そう言われても……）

長年の片思いに、そうそう簡単に決着がつけられるわけでもない。胸の奥の傷もまだ疼いたままだ。

でも、と綾香は手を膝に戻し、ぎゅっと握りしめた。

（ちゃんとしないと、いけない。この思いを……海斗さんと綾菜が戻ってくるまでには、ちゃんと）

自分の思いに囚われていた綾香は、司がじっと自分を見ていたことに気が付かなかった。

「……着いたぞ」

「あ、はい」

マンションの最上階に着いてもまだぼーっと考え込んでいた綾香は、慌ててエレベーターから降りた。司は段ボール箱を小脇に抱え、さっさと扉に向かって歩いていく。その後を綾香も追った。

カードキーで開錠した司が、部屋の中に入った。綾香も続いたその時――

「……司。おかえりなさい、待っていたわ」

――艶(つや)やかな女性の声がした。綾香はその場に立ちすくむ。

リビングから玄関ホールに現れたのは、長い黒髪をふわりと肩になびかせた妖艶(ようえん)な美女だった。豊満な体に纏(まと)う真っ赤なワンピースがよく似合っている。

「……京華(きょうか)!?」

司が驚いたように声を上げる。

女性は彼が一人ではないと気付き、猫のような目を司から綾香へ向ける。一瞬、彼女の視線が厳しくなったが、すぐにふっと和(やわ)らぎ、そのままにっこりと余裕の笑みを浮かべる。それを見て、綾香の背筋を寒気が走った。

そんな綾香に構わず女性は司に近付き、甘えるように上目づかいで見上げながら、彼の逞(たくま)しい首に白い手をそっと回した。赤いネイルが綾香の目を引く。

「さっきアメリカから戻ってきたばかりなの。司に会いたくて」

女性の目が、司の後ろに立っている綾香を真っ直ぐに捉えた。

「……それで？　あなたはどなた様かしら？　私の許婚に、何かご用？」

一瞬、女性が何を言っているのか、理解できなかった。

目を見張ったまま固まっている綾香を見て、京華と呼ばれた女性の口の端が上がった。

司は重い溜息と共に首に回された手を払い、右脇に抱えていた段ボール箱を上がり框に置くと、キッと京華を睨み付けた。

「お前との婚約を承諾した覚えはない」

京華の眉が上がる。

「あら。私の両親も、司のお父様、お母様も……お祖父様も喜んで下さっているのよ？　藤堂財閥にとってもまたとない話じゃない」

「俺の結婚相手は俺が決める。いいから、そこをどけ」

仕方ないわねえ、と京華が体を横にずらした。司が靴を脱いで上がり、また段ボール箱を抱えて綾香を振り返った。

「おい。さっさと片付けるぞ」

「え……は、はい……」

京華が、綾香の体を上から下までじろじろと見ている。綾香は体が強張るのを感じたが、何とか秘書スマイルを顔に張り付け、すれ違いざまに会釈をした。

京華はうっすらと微笑んでいたが、その目は笑っていなかった。

「とりあえず置いておくぞ」

客室のテーブルの上に段ボール箱を置いた司に、綾香は「ありがとうございます」と頭を下げた。

「荷物を片付けておけ。俺は京華と話をしてくる」

そう言うと、司は部屋を出ていった。綾香は何が何だか分からないまま取り残された。

(何なの……あれ)

綾香の両肩にどっと疲れがのし掛かったが、関わり合いになるのも怖い。とりあえずボストンバッグを肩から下ろして中身を取り出し始めた。リビングでどんな話し合いがなされているのかは、気にしないことを心に決めて。


なるべく部屋の外に出たくなくて、片付けが終わった後はゆっくりとお湯につかった。それからいつもの短パン姿になった綾香は、ドアを薄く開けてリビングの方を窺(うかが)ったが、どうやら女性は帰ったらしく、何も聞こえてこない。

そして思い切って部屋を出てリビングに来てみると、そこには皺(しわ)になったワイシャツを着たまま、疲れたように目を閉じてソファに横たわる司の姿があった。

「……あの、社長代理?」

綾香はおそるおそる声をかけた。ぐったりとした体はぴくりとも動かない。もう眠ってしまったようだ。サイドテーブルの上には、カードキーとウィスキーボトル、底に水がわずかに残ったグラスが残っていた。

「……これって、どう見ても、やけ酒……？」

すごい美人だった。少し吊り目気味の猫のような瞳。ぽってりとした唇。全身から匂い立つ色気には、女の綾香ですらあてられるところだった。

京華と司は、どういう関係だろう。いつも冷静なこの人がお酒に酔うなんて。

『私の許婚に、何かご用？』

艶やかな声でそう聞かれた時、自分の胸に過ぎったあの感覚は……

綾香はそれ以上考えたくなくて、首を横に振った。

（ともかく、このままじゃ風邪をひくわよね）

客室に戻り、予備の上掛けをクローゼットから引っ張り出してきた綾香は、司の体にそれを掛けた。

「う……」

司の口から呻き声が漏れる。綾香はソファの前にしゃがみ込み、じっとその顔を見た。

本当に端整な顔だ。睫毛も長くて、ギリシャ彫刻のように彫りが深い。こうして目を閉じている司が、何だかいつもより儚げに見えて、綾香は思わず手を伸ばし乱れた前髪に触れた。

その瞬間、ばっと右手首を掴まれる。

「えっ!?」

そのまま強く引き寄せられた綾香は、司の上に覆い被さる体勢になった。司の右手が綾香の背中に回る。

「社長代理⁉」

左手で胸板を押してみるが、びくともしない。さらにぎゅっと抱きしめられ、皺になったシャツに頬が埋まる。顔を上げると、司の目は閉じられたままだった。

（寝ぼけてる⁉　……どうしよう。膝蹴りしたら怪我させるかも。でもこの体勢って……！）

規則正しい鼓動。わずかに上下に動く胸。もがけばもがくほど、司の腕に力が入る。伝わってくる体温でこちらの体まで熱くなりそうだ。自分とは違う〝雄〟の匂いがほんのりとして、目まいがしそうになった。

「……れ」

（え？）

一層強く抱きしめられた綾香は、目を丸くした。

「そばに……いてくれ……」

（これ……私に言っているの？　それとも……他の誰かのこと？）

綾香はううう、と呻き声を上げ、それから少しだけ力を抜き、司に体を預けた。頬も熱いし、鼓動もどくどくと速い。でも、今抜け出すことはできなかった。

（ちょっとだけ……腕の力が落ち着いたら抜け出そう）

ふうと溜息をついた綾香は、もう眠れそうもないと半分ヤケクソに思いながら、司の腕の中で大人しく目を閉じた。

＊　＊　＊

「おはよう、ございます」

「ん……？」

翌朝、トレイを持った綾香が声をかけると、いまだソファに横たわっていた司がゆっくりと目を開けて見上げてきた。乱れた前髪にぼんやりとした瞳。その無防備な表情に、一瞬綾香の心臓は跳ね上がったが、すぐにいつもの司の表情が戻ってくる。

「俺は……寝てしまったのか」

上半身を起こした司は、額に手を当てて溜息をついた。綾香は、持っていたトレイを静かにローテーブルの上に置く。

どうやら昨夜のことは覚えていないらしい。眠ったまま綾香を抱きしめたことも、明け方近くになって腕の力が緩んだ隙に綾香が抜け出したことも。綾香は内心ほっとした。

「あ、あの、申し訳ありません、勝手にキッチンを使わせていただきました。何か口にされた方がいいと思って……」

司がトレイに視線を移すと、綾香の声は自然と尻すぼみになる。

トレイの上には、ふんわりと湯気が立っている湯のみに、小皿が一枚。その上には、丸とも三角とも俵型とも言えない、いびつな形のおにぎりが二つ載っていた。

黙ったままじっとおにぎりを見る司に、綾香は焦って言った。

「あ、あの……わ、私っ、お料理、大の苦手なんですっっっ‼」

そう叫んだ綾香は、恥ずかしさで司の顔をまともに見られなかった。

「ち、小さい頃、電子レンジで卵を爆発させてから、トラウマになってしまって……目玉焼きは焦がすし、カレーも煮過ぎて焦げ付かせるし、パンを焼いても真っ黒になるしっ……」

「それは、なかなか器用だな」

司が呟くと、綾香は俯き、小さな声で言った。

「ご、ご飯だけは炊けるんです。だから、おにぎりにしたんですけど……」

どんどん声が小さくなる綾香に、司はふっと口元をほころばせた。

「……ありがとう。気を遣ってくれたんだな。いただくよ」

司はおにぎりを一つ掴み、一口食べた。その直後、司の顔から表情が消える。

「あの……？」

綾香は首を傾げた。司はもぐもぐと咀嚼した後、微妙な視線を投げてくる。

……じゃり。塩の塊が潰れる音がした。

(しまった！　お塩をちゃんと混ぜられてなかった！)

慌てた綾香は「す、すみませんっ！」と謝り、残りを引っ込めようとトレイに手を伸ばす。が、司の手がそれを遮った。

「苦手なのに、作ってくれたんだろう？　全部食べる」

「……すみません……」

綾香は目を伏せたまま呟いた。恥ずかしくて身の置き所がない。一つ目を食べ終わった司は、緑茶を一口飲んでから言った。

「これは……美味いな」

ぱっと顔を上げると、司は微笑んでいた。その笑顔になぜか胸がきゅうっと痛くなる。

「秘書という立場上、お飲み物だけは上手に淹れられるんです。それだけなんですけど……」

司は半分程緑茶を飲んだ後、二つ目のおにぎりに手を付けた。どうやらこちらは、さっきよりましだったらしい。塩の音もしなかった。

おにぎりを全て食べた司は緑茶も飲み干し、「ごちそうさま」とカップをトレイに置いた。

「ありがとう、美味しかった」

素直な言葉がとても嬉しくて、綾香はただこくこくと頷くことしかできなかった。

司はソファから立ち上がり、そんな綾香をそっと抱きしめる。

「あああ、あの!?」

じわりと伝わってくる体温が温かかった。司が首元に顔を埋めてくる。

綾香は固まったまま身じろぎ一つできなかった。首に当たる息が熱い。時折頬ずりされ、もう何も考えられない。

何も言わないまま、司はそのまましばらく綾香を抱きしめていたが、やがて腕を緩めた。そうして頭の中が真っ白になった綾香を優しい瞳で見下ろしてくる。

「シャワーを浴びてくる。お前も出勤する用意をしてくれ」

司はそう言いながら、バスルームに繋がっていると思しき扉へと歩いていった。

綾香はようやくほっと息を吐く。そして熱くなった両頬に手を当て、少しの間「ううう」と呻いていたものの、何とか自分を叱咤し、キッチンへトレイを片付けにいった。

（あああ……ご飯だけよそった方が良かったのかも……し、しかもその後……）

綾香は会社の前で車が停まっても、まだ俯いてぶつぶつと言っていた。

「綾香」

――どくん……

突然司に名前を呼ばれ、心臓が鷲掴みにされたように痛くなる。

『綾香』と呼ばれるのは、あの夜以来だ。低い声に背筋がぞくりとした。顔を上げ、運転席の司を見る。その真剣な眼差しに、息が止まりそうになった。

「京華が、お前に何か手を出したら」

京華。

その名前にずきり、と胸が痛む。

「隠さず、すぐ俺に言え。分かったな」

司の声に潜む嫌悪感に、綾香は内心首を捻ったが、「はい……」と素直に頷く。

少しの間、沈黙が落ちる。やがて、ふっと司が笑った。さっきとは違う胸の痛み。言葉が出なかった。

「これはさっきの礼だ」

司の顔が近付いてくる。そしてそのまま優しく唇を塞(ふさ)がれた。

「!!」

綾香は全く身動きできず、呆然と司の唇の感触を受け止めるだけだった。彼の不埒(ふらち)な舌が、綾香の下唇を舐め始める。思わず唇を開くと、その間から肉厚な舌が滑り込んできた。

「んあ、んんんっ……！」

背筋がぞくぞくする。司の唇の動きは、決して強引ではなく、むしろ緩慢(かんまん)で甘やかだった。歯茎を舐めた舌は、そのまま綾香の舌を捉(とら)えて擦(こす)り合わせる。

熱い。体が沸騰(ふっとう)したみたいに熱い。じりじりと焦げ付くような甘さが綾香を襲う。

やがて、ちゅ、と音を立てて、司は唇を離し、そのまま体を引いた。綾香は何も言えないまま、ただわなわなと震えるしかなかった。

「いつまで車にいる気だ？　その気になったと解釈するぞ」

にやりと笑われて、ようやく体が動き始める。綾香はキッと司を睨(にら)みながら「失礼しますっ！」と叫び、乱暴に車から降りた。

ばあん！　と派手にドアを閉め、大股で車から離れて行く綾香に、くすくす笑う司の声は聞こえていなかった。

＊＊＊

それから三日後。その日、藤堂カンパニーから呼び出された司は、朝から小野寺商事を留守にしていた。綾香はチェックを終えた書類を専用の籠に入れ、壁の時計を見た。

（もうすぐ三時……か）

司のいない社長室はがらんとしていて、綾香も心にぽっかりと穴が空いたような気持ちになる。ただ座って仕事をしているだけでも、恐ろしく存在感があったのだ、としみじみ思った。

（何だか疲れた……）

別に、今日が特別忙しかったわけではない。そもそも疲れの原因は、仕事ではなく、ここ三日間の、司との攻防にあった。

問題はマンションに戻ってからだ。一緒に夕食を取った後、司は何かと綾香に絡んでくる。特に、リビングの柔らかい革のソファは危険区域だった。

『あ、あの！　もう少し離れて座って下さい！』

『嫌だ』

『っ、どこ触っているんですか！』

『気にするな』

『気にしますっ！』

綾香があまりに抵抗するせいか、昨日などは敵も作戦を変え、何も言わずただ抱きしめるとか、掠めるような軽いキスをするといった不意打ちをしかけてきたので、綾香の精神はがりがりと削られてしまっていた。

(言い争いなら負けないのに)

少し前のように嫌味っぽくしてくれたら、がつんと撥ねのけられるのだが、優しくされると、どうしたらいいのか分からなくなる。それに——

(京華さんってあなたにとってどういう人なの？　どうしてあんなに酔っていたの？　何を二人で話していたの？　許嫁って……本当なの？)

ぐるぐるといろんな問い掛けが頭を巡る。考えても分からないことだから聞きたいのに……聞けない。司は「京華は従妹で、許嫁云々は大昔にあいつの父親が押し付けてきたことだ。気にしなくていい」とだけ言っていたが。

「ふう……」

綾香が次の書類の束を普段よりも遅いスピードでチェックし終え、また新たな書類を手に取ろうとした時、秘書室のドアがノックされた。返事をして立ち上がり、ドアを開く。

「……はいっ⁉」

次の瞬間、いきなりむぎゅっと強く抱きしめられた綾香は、目を丸くして固まった。

「お姉ちゃん！　どういうことなの⁉　いきなり婚約なんてっ‼」

「……え？　え？　えええ？」

一瞬停止していた綾香の思考回路が動き出す。

「あ、綾菜っ⁉」

(どうして南ヨーロッパでハネムーン中の綾菜がここに⁉)

そんな綾香の心の声が聞こえたのか、綾菜は綾香の顔を真正面から見据えて言った。

「あんなこと聞かされて、のんびりハネムーンなんて楽しめないわよっ！　お姉ちゃんが襲われたとか、婚約したとか！」

「そ、それは」

何と答えて良いものかと、綾香は突然現れた妹を見る。

パステルカラーのふわっとしたワンピースが、日焼けした肌によく似合っている。そんな可愛らしい姿にもかかわらず、じろりと強く睨んでくる綾菜に、綾香は口籠もった。

そんな綾香の耳に、今度は懐かしい声が届いた。

「綾菜は君のことが心配で堪らなかったらしくてね、ハネムーンを切り上げて戻ってきたんだよ」

呆然と入り口を見る綾香の瞳に、苦笑しながら中に入ってくる海斗の姿が映った。

いつもと同じ声。変わらない笑顔。ライトブルーの薄手のセーターを着た海斗がそこにいた。

「しゃ……ちょう？」

綾香が呟くと、海斗の眉が悪戯っぽく上がった。

「今は海斗、と呼んでくれ。休暇中だし、それにもう親戚なんだから」

「は……い」

ほら綾菜、と海斗が促すと、綾菜は綾香から手を離した。そんな妹の肩に大きな手が回されると、綾香の胸はちくりと痛んだ。

「それで綾香。大丈夫なのか？　司から、大谷に嫌がらせを受けたと聞いたが」

心配そうな海斗に、綾香はそっと頷いて見せる。

「ええ、大丈夫です。あんな男、怖くありませんから」

「お姉ちゃんったら……そりゃお姉ちゃんは強いけど、でも……」

綾香は、心配そうな様子の綾菜にふっと微笑みかけた。

「大丈夫。社長代……いえ、司さんが、住む所も見つけてくれたし」

綾菜の目が一瞬大きく見開かれ、そしてすっと細くなった。

「お姉ちゃん、その司さん……と婚約したって、本当なの？　海斗さんの従兄(いとこ)なのよね？」

「俺も驚いたよ。綾香は慎重な性格なのに、あまりに突然過ぎる話だったから。司からは、俺達の結婚式で綾香に一目惚れしたって聞いているが」

「あ、の」

どう言えばいいのだろう。

その時、迷っていた綾香の耳に突然、艶(つや)やかな女性の声が割り込んできた。

「私もぜひ聞かせていただきたいわ、その一目惚れの話とやらを」

甘い毒を含んだ声。

それを聞いて海斗の顔も強張(こわば)る。彼は庇(かば)うように、綾菜の体を引き寄せた。綾香は黙ったまま、開いていたドアから一人の女性が入ってくるのを見ていた。

先日の真っ赤なワンピースとは対照的な、金糸の織り込まれた白い上品なスーツ。危険な光を宿した瞳で綾香を見据える京華がそこにいた。

「京華、お前何しに来た!?」

声を上げた海斗の表情は硬かった。京華は視線を海斗に移し、ふふっと妖艶に笑う。その様子は、まさに獲物を呑み込もうとするヘビのようだった。

「あら、海斗。結婚したんですってね、おめでとう。そちらの可愛らしい方が奥様なのかしら？」

ちら、と自分に投げられた視線に、綾菜が真っ赤になって答える。

「は、初めまして。お……小野寺綾菜、です」

ぺこりと頭を下げた綾菜に、京華はうっすらと微笑んで言った。

「私は、藤堂京華……海斗や司の従妹にあたるの。藤堂カンパニーの専務よ」

くすくす笑う京華は、ゾッとするほど美しかった。

「こんな何も分からなそうなお嬢ちゃんを選ぶなんて……苦労させるんじゃないの？　海斗」

綾菜の顔が強張る。海斗は京華を睨み付け、綾菜の耳元で「気にするな」と囁く。綾菜も小さく頷いていた。

綾香は下ろしたままの拳を握りしめる。

京華は笑顔のまま、再び綾香を見た。わずかに歪んだ口元が、京華の笑顔が本物でないことを如実に表していた。

「……それで、あなたは？　この前は挨拶もしないままだったわよね？」

海斗が目を見開く。綾香はふうっと息を吐き、綺麗にお辞儀をした。

「水瀬綾香と申します。小野寺商事の社長秘書を務めております」

あらまあ、と京華が呟いた。

「じゃあ、海斗の秘書なのね？」

「……はい」

海斗と綾香を交互に見た京華の真っ赤な唇から、嘲笑うような声が漏れる。

「海斗をモノにできなかったから、今度は司っていうわけ？　なかなかやるじゃない」

綾香はこめかみがぴくり、と動くのを感じた。

「おい、京華！」

海斗が苛立たしげに声を上げた。

「綾香に失礼なことを言うな。俺にはもったいないほどの秘書だぞ⁉　それに、綾香は綾菜の姉だ！」

「……姉？　あなたの可愛い可愛いお嫁さんの？」

聞き間違えようのない嘲りに、綾菜の顔が強張る。綾香は黙ったまま京華を見ていた。その仮面のような顔を見た京華は、今度は声を上げて笑った。

「ふふふっ……！　妹に海斗を盗られるなんて、女として情けないわよねえ、綾香さん？」

性格はどうあれ、非常に洞察力の鋭い女性であることは間違いない。海斗にも妹にも隠し通した綾香の気持ちを、一瞬で見抜いたのだから。

綾香はぐっとお腹に力を込めて言った。

「……妹と海斗さんはお似合いの夫婦ですわ。海斗さんなら大事な綾菜を任せてもいい、と思いましたから」

「お姉ちゃん……」

綾菜の心配そうな声。大丈夫、と綾香は綾菜を見て微笑んだ。

「あら、私は褒めているのよ？　分家の海斗より本家の司の方が社会的な地位は上だし、一介の秘書が釣り上げられるような男じゃないわ。それをあなたは、一時とはいえ引っかけたんだから」

京華の瞳は、綾香を捉えて離さなかった。

「司はね、いずれ藤堂家当主となる人なの。妻になる女だってそれなりの条件を満たしていなければ、一族が許すはずないわ」

「……」

「婚約なんて甘いこと言っているけど、それも今のうちよ？　私の両親は、昔から私と司を結婚させたがっていたし。司の両親だって、相手が私なら反対しないわ。司は、私の所に戻ってくるに決まっている。今までだってちょっとした浮気はあったけど、これまでずっと私のものだったんだから」

「……」

「何より、会長であるお祖父様の許しがなければ、司と結婚なんてできやしないわ。お祖父様が認めるだけの価値があなたにあるのかしら？」

綾香は、ただ真っ直ぐに京華を見返した。その目に揺らぎはない。

「あなたのおっしゃりたいことはそれだけですか？　それなら理解しましたわ。あなたが……」

海斗と綾菜は、綾香の表情を見て息を呑んだ。

「人の気持ちを全く考えない、思いやりのない方だってことは」

京華の眉がぴくり、と上がった。綾香はそのまま冷静に言葉を継ぐ。

「あなたはさっきから、藤堂家がどうとかご両親がどうとかおっしゃっていますが、一番大切なものをなおざりにしていますわ」

「あら、何かしら？」

せせら笑う京華にも、綾香は動じなかった。

「社長代理の……司さんの、お気持ちです」

京華の目が大きく見開かれた。

「私が司さんにふさわしいかどうか、と聞かれれば、恐らく多くの方が『ふさわしくない』と答えるでしょう。それくらいは理解しております。……ですが」

綾香の胸に湧き上がる、名前のつけられない思い。

綾香は京華を見据えたまま、抑えた口調で言い放つ。

「ですが、だからといってあなたが司さんにふさわしいとは、到底思えません。司さんの地位ばかりを気にされて、彼を『物』扱いする、あなたでは」

「……」

「司さんには、藤堂家など関係なく、彼自身を大切に思う方がふさわしいと、そう思います」

綾香の言葉に、皆押し黙ったままだった。やがて京華の口から、笑い声が漏れる。

「くくっ……」

異様な光が京華の目に宿る。綾香の視界の端に、綾菜が怯えたように身を竦めた様子が映った。

「……へえ。あなた、なかなかいい感じじゃない？　私に面と向かってそんな口をきく人間なんて、最近じゃ一人もいなかったのよ」

あくまで冷静な綾香を見て、ころころと京華は笑った。

「大きな口を叩けるのも、いつまでかしらねえ？　司は今日、お祖父様に呼び出されたでしょう？」

綾香は表情を変えなかった。京華は得意げに話を続ける。

「海斗が戻ってきたんだから、もうじき司は本社に呼び戻されるわ。あちらに戻ったら、海斗の秘書のことなんて忘れてしまうわよ」

(戻る……？)

綾香は目を見開いた。司が小野寺商事に来てからまだそんなに日が経っていないのに、もっと長いこといたかのように思っていた。だがその司は――

(いずれ藤堂カンパニーに戻る……)

分かっていたはずなのに、どうしてこんなにも胸が痛むのか。綾香がぐっと右手を握りしめるのを見た京華は、くすくすと笑った。

「まあ、あなたの宣戦布告は受け取ってあげるわ。感謝なさい」

にやりと悪魔のような笑みを浮かべた京華は、白い手をひらひらと振って秘書室を出ていった。

――しばらくの間、秘書室には重苦しい雰囲気が漂っていた。

「なに……あの女性」

綾菜が怯えた声で呟いた。

「すごく……怖い。何されるか分からない……」

海斗が綾菜の肩を抱く手に力を込めた。

「……京華は、厄介な奴なんだ。おまけに前々から司に……」

海斗は言葉を切り、綾香の様子を見た。綾香は強張った表情で、その場に立ち尽くしていた。

「……綾香」

海斗の声に、綾香ははっと我に返る。

「海斗さん……」

ふう、と重い溜息が海斗の口から漏れた。

「……少しお茶にしようか。京華のことを話しておくよ」


「……京華と司の確執は、二人の父親の代に遡るんだよ」

三人は、社長室の応接スペースに移っていた。海斗と綾菜が並んで座り、コーヒーとクッキーを出した綾香がその正面に座る。

「京華の父親の明人伯父が、長男なんだ。司の父親である、誠司伯父は次男でね……」

ちなみにその二人の妹、晶子が俺の母だよ、と海斗は言った。

「本来なら長男である明人伯父が次期当主になるはずだったんだけど、ビジネスセンスは誠司伯父の方が上でね。俺達のじいさん……当時の当主、藤堂邦一が誠司伯父を次期当主に指名したんだ」

コーヒーを一口飲んだ海斗の表情には、少し翳りが見えた。

「明人伯父も表立っては何も言わなかったけど、やはり納得できなかったんだろうな。それで、それぞれ子供である、司と京華を結婚させたいと言い出して……」

誠司夫婦は、「司の相手は司が選ぶべき」と反対したが、「形だけでも」と兄夫婦に懇願され、押し切られる形で京華を司の許嫁にしたらしい。まだ二人が中学生ぐらいの頃の話だそうだ。

「誠司伯父にとっては、司の結婚相手は別に京華じゃなくてもいいはずなんだ。もちろん、司が京華を選べばそれでも良かったのだろうけど」

だがなあ……と海斗は溜息をついた。

「司は京華に全く興味を示さなかったんだ。もちろん親戚としての情はあるけれど、本当にそれだけで」

「あんなに綺麗なのに……？」

綾菜が言うと、海斗が苦笑した。

「司は綺麗な女性なんて見慣れているさ。藤堂家っていうだけで、女性達が寄ってくるんだから。おまけに、あの容姿に頭の良さだろ。昔っからそういったことに不自由は……」

あ、と海斗が口をつぐみ、ちらり、と綾香を見た。綾香は思わず苦笑した。

「大丈夫です、海斗さん……それくらい、分かっていますから」

「すまない……綾香」

頭を下げた海斗は、また話を続けた。

「司も決まった相手っていうのはいなかったし、自分を追い回す京華を疎(うと)ましがっても、はっきりと拒絶まではしていなかったんだよ。従妹(いとこ)っていうのもあるしね」

下手に血の繋がりがあるから、無下(むげ)にはできないってことかしら——綾香はそう思った。

「だが……」

海斗の口調が変わった。その瞳には、形容しがたい感情が映っていた。

「司に、真剣に付き合う女性ができた時に全てが崩れた……」

海斗が先を続ける。

「確か……須本加奈子(すもとかなこ)さんっていったかな」

綾香は黙って話を聞いていた。

「藤堂カンパニーに入社した後、藤堂家の人間は一種の『武者修行』をさせられるんだよ。つまり、次々にあちこちの部署に回される。そうやって業務を覚えていくっていうのが、一族の習(なら)わしでね」

海斗は一旦言葉を切り、コーヒーをすすった。綾菜も心配そうな瞳で海斗と綾香を交互に見る。

「司も例外じゃない。入社後色々な部署を経験して、三年目に配属された営業部で働いていた時に、医療機器の学会で出会ったのが加奈子さんだ」

海斗はその時のことを思い出すかのように、少し遠い目をしていた。

「彼女は、ある医療機器メーカーの研究員でね、学会後のレセプションで司に声を掛けてきたんだそうだ」

くすり、と海斗が思い出し笑いをした。

「しかも彼女が声を掛けた理由が傑作でね……なんでも『あなたの血を下さい』だったかな」

「血？」

綾菜が目を丸くした。そんな彼女に海斗はふっと微笑み、話を続ける。

「加奈子さんは血糖値を測定する機器の開発メンバーだったんだよ。で、たまたま司の年代の男性の血液が欲しかったらしい」

「それはまた、独創的なアプローチですね……」

「加奈子さんは研究室出身だからか世間のことに疎くて、司が名乗っても藤堂財閥の人間だってことに気付かなかったんだよ」

そう言えばあの立食パーティーの時、彼は名字を名乗らなかった。

（藤堂財閥関係者だって知られたくなかったのね、きっと）

「司にとっては、初めて〝藤堂家の司〟じゃなく、〝単なる司〟に声を掛けてくれた女性だったんだ」

嬉しそうだったよ、司――海斗はそう言った。

「加奈子さんがどんな方だったのか、ご存知ですか？」

綾香の問いに、海斗は優しい目をして答える。

「一度会ったことがあるよ。美人、というタイプではなかったけれど、温かい笑顔の、優しい人だった」

ほんの少し――ほんの少しだけど、胸が疼いた。

「司は真面目に付き合っていたと思う。もっとも、二人とも仕事が忙しいから、すぐに結婚って話は出なかったようだが」

「……」

「本当に、本当に大切に、思いを積み重ねていたんだ……二人は。何もなかったら、きっとあのまま、結婚していたんじゃないかと……」

海斗の口元が、悔しそうに歪んだ。

「京華が、あんなことさえ、しなければ」

そこで海斗は、一度言葉を切った。少しの沈黙の後、彼はまた口を開く。

「付き合い始めて二年が経った頃、司が言ったんだ。加奈子さんと結婚したいって」

「……」

(本気でその人のこと、好きだったんだ)

綾香は右手を胸に当てた。じんわりと滲むような痛みがそこにあった。

「最終的には、じいさんに許しをもらう必要があった。でも、その前に……」

『京華との婚約を白紙に戻してほしい』

司は、京華の家に行って京華の両親に頭を下げたのだそうだ。

「大変だったらしいよ……京華が荒れに荒れて」

『どうして、司!? どうして、私じゃだめなの!? ずっとずっと、司のことが好きだったのに!!』

そう言って縋りつきながら泣き叫ぶ京華に、『どうしてもだめなのか。考え直してもらえないか』と伯父夫婦は詰め寄ってきたという。

「司は何度も何度も頭を下げて、ようやく伯父夫婦が折れたんだ。司の意志が固いって分かって——でも」

海斗は暗い目をしながら言った。

「京華は納得していなかった。一応、両親の前では諦めたふりをして、言葉巧みに司から加奈子さんのことを聞き出した。それから……最後にデートしてほしいって言って、ホテルに司を呼び出して……」

海斗の声が、わずかに震えていた。それは間違いなく、抑えようもない怒り。綾香は息を呑んだ。

「食事をしてある程度アルコールを飲んでから、味の濃いカクテルをすすめられたらしい。京華に負い目を感じていた司は、それに従ったんだよ」

そこまで話した時、海斗の瞳がぎらりと光った。

「そのカクテルには、アルコール度数の高い酒が混ぜられていたらしい。司も大概酒には強いが、あの時は一連の騒動で疲れも溜まっていたし、かなり飲んだ——いや、飲まされた後だったからね。一気に酔いが回ったんだろう」

綾菜が真っ青になっている。綾香は麻痺したように動くことができなかった。

「……その後の司の記憶は曖昧だそうだ。途切れ途切れにしか覚えていないらしい。分かっているのは、加奈子さんが、司と京華がベッドで絡み合っている姿を見せられたってことだけだ」

「……」

「泥酔した司をホテルの部屋に運ばせて、準備をしてから加奈子さんを呼び出す――。大人しい加奈子さんなら恐らく耐え切れない――そこまで計算していたはずだ、京華は」

海斗の瞳に辛そうな色が宿った。

「その後は、本物の〝修羅場〟だったよ。京華の思惑通り加奈子さんは倒れてしまうし、京華は司と関係を持ったから、結婚させろって司の両親に迫るし……」

「……」

「結局、加奈子さんは身を引いたよ。司が裏切ったとは思っていなかったようだが、京華のせいで、未来の藤堂財閥当主の妻になるのが怖くなったんだ」

こんなにも人の悪意を受ける立場なんて、私には無理です――そう言って、司の前から姿を消したという。

「司は表にはあまり出さなかったが、ショックは大きかったと思う。〝藤堂家跡取り〟じゃない自分を好きになってくれた相手と、別れなければならなかったんだから」

「……」

「京華はじいさんにも『司と結婚させろ』と迫ったけれど、さすがにそれはじいさんも聞き入れなかった。京華が何をしたのか、ちゃんと分かっていたしね。結局、京華の家族は揃ってアメリカに赴任することになったんだ。京華に反省を促す意味もあったんだろうな」

ふう、と海斗は大きく溜息をつき、天を仰ぎ見た。

「……それから司は変わったよ。真面目な恋愛はしなくなった。仕事ばかりするようになって、たまに女に目を向けても、後腐れのない相手ばかりで……」

まるで、京華に邪魔されても構わない相手ばかりを選んでいるようだった——そう海斗は呟く。

「俺は従弟なのに、何もしてやることができなかった……」

次第に変わって——人の好意を信じられなくなっていく司を、ただ手をこまねいて見ていることしかできなかった。その無念さが綾香の胸に重く響いた。

「海斗さん……」

綾菜が海斗の手にそっと自分の手を重ねた。海斗は少しの間目を瞑ると、ふっと目を開け、綾菜を見て微笑んだ。

「司はその働きが認められて、三十歳で専務に昇進した。ますます女性に言い寄られるようになったが、誰にも本気にならなかった」

海斗が真っ直ぐに綾香の瞳を見た。その瞬間、綾香の呼吸が止まる。

「だから最初は信じられなかったよ。綾香と婚約したって聞いた時は」

「海斗、さん……」

（当然だわ。だって婚約は、偽りだもの……）

綾香は唇を少し噛んだ。

「でも司、笑ったんだよ。電話の向こうで」

「え？」

ぽかんと口を開けた綾香に、海斗は嬉しそうな笑みを見せた。

「綾香のことを話す時に。意地っ張りだって」

「な……」

（そ、そっちこそ、意地っ張りのくせにっ!!）

綾香が一瞬むっと眉を寄せたのを、綾菜は見逃さなかったらしい。

「お姉ちゃんは意地っ張りです。自覚して下さい」

「うう……はい……」

綾香と綾菜のやり取りを見て、海斗が笑った。

「久しぶりだったんだ。あんな風に司が笑うの。加奈子さんと別れてから、初めてじゃなかったかな」

「……海斗さん」

「だから、お似合いだと思うんだよ、司と綾香は。少なくとも、司は本気だと思うし」

海斗の、優しい笑顔。大好きだった。……でもこの笑顔は、もう綾菜のものだ。

（……あれ？）

まだ胸の奥はつきんと痛むけれど、前のように血が滲（にじ）むような痛みではなかった。

「私も……司さんとちゃんとお話ししたことはないけれど分かるわ。二人は絶対にお似合いよ!!」

「綾菜……」

きっぱりと言い切った綾菜に、綾香は驚く。

「さっきお姉ちゃん、あの京華さんに噛みついたでしょ⁉」

「そ、れは……あまりにも酷いことを言うから……綾菜に」

最後の一言に、綾菜がきょとんとした。

「ちょっと待って、お姉ちゃん？　お姉ちゃんが怒ったポイントって、そこ⁉　そこなの⁉　司さんのことはどうなの⁉」

「そ、そりゃあ、腹が立ったわ。人を人とも思わない発言だったから。でも最初に腹が立ったのは、綾菜のことを馬鹿にした言い方をしたからで……」

「お姉ちゃん……」

綾菜が諦め口調で言った。

司には黙っておこう――顔を上げた海斗が、ぼそっと呟く。

「……でもね、お姉ちゃん」

気を取り直したのか、綾菜が再び口を開く。

「きっかけは私だったとしても……私以外の人のために本気出して怒るお姉ちゃんって、初めて見たよ？」

「そ、そうだった、かしら……？」

「うん、そうだよ。さっきのお姉ちゃん、司さんのために闘っていたもの」

「……」

表向き冷静に振る舞っていたけれど、確かにさっきは本気で腹が立った。それは本当だ。だって……

(何も……考えていなかったんだもの、あの女性。彼の気持ちなんて。彼も一人の人間なのに)

「それが、お姉ちゃんの気持ちだと思う。司さんへの」

綾菜に言われて、綾香は目を丸くした。

(私の気持ちって……なに……？)

目まぐるしく変わる、万華鏡のような思い。どんな模様になっていくのか、自分でもよく分からない。

腹立たしくて、胸が痛くなって、心臓が跳ねて……そして、それから？

「すぐには分からなくていいよ、綾香。ゆっくりと考えてほしいんだ、司のこと」

海斗にそう頼まれ、「はい」と綾香は素直に頷いた。


「……水瀬？」

心配そうな声が聞こえて、綾香は我に返った。

「ごめん、白井くん。ちょっとぼーっとしてた」

隣に立っている白井を見上げて笑うと、白井の顔が少し陰る。

「大丈夫かよ、水瀬。仕事忙しいのに、俺に付き合ってもらって……」

綾香は手を振って、白井の言葉を遮った。

「誘ったのは、私の方よ？　こういうお店に来ることなんて滅多にないし、楽しみにしていたの」

今、綾香は同期の白井と買い物に来ていた。

司から、『今日は会社に戻らず直帰する』と連絡があったのは、今日の夕刻のこと。なんでも本社で会長に捕まり、夕食を共にする羽目になったらしい。

ちょうど仕事もキリよく定時に終わった綾香は、ふと思い立って白井を誘ったところ、彼も二つ返事でＯＫしてきたのだ。

そういったわけで二人が一緒に訪れたのは、大通り沿いの高級ホテルの中にある、人気のブライダルショップ。有名ブランド二つが共同で立ち上げた新ブランドで、落ち着いた雰囲気の店内では、何組ものカップルが幸せそうにウエディングアイテムの品定めをしていた。ほのかに白く輝くウエディングドレスに、薄いオーガンジーを幾重にも重ねたヴェールや、薔薇の飾りが付いたウェルカムボードなどの小物類。そして、それらを目を輝かせながら見つめる女性と、隣で優しく見守る男性。幸せそうなムードがこちらまで伝わってきた。

「こういう店って落ち着かないよな……キラキラし過ぎて」

長身にグレーのスーツを着こなした白井は、きょろきょろと店内を見回していた。そんな彼に、綾香はぷぷっと噴き出す。

「営業部のホープが形無しね、白井くん」

「それを言うなよ……」

綾香は、照れくさそうな白井をショーケースの前まで引っ張っていき、店員に声をかけた。

「婚約指輪を見せていただきたいのですが」

黒いパンツスーツの店員がにっこりと笑う。

「はい、こちらに取り揃えております」

ガラスのショーケースの上に、濃紺のビロード張りの箱が置かれた。その上に、光を受けてきらきらと輝く指輪が並ぶ。覗き込んだ白井が、眩しそうに目を細めた。

「こういうのって全然分からないんだよなあ、俺。綺麗だとは思うけど」

そう言ってぽりぽりと頬をかく白井に、綾香は微笑んだ。

「そういうのが分かる白井くんっていうのも、ちょっと変かもね」

そう悪戯っぽく言いながら、指輪を一つ一つ、丁寧に見ていく。そして、蔦が指に巻き付くようなデザインのリングに目を留めた。繊細なプラチナの曲線が、エメラルドとダイヤを抱きかかえるように絡み付いている。

「このデザインだったら、きっと碧、気に入ると思うわよ。ちょっと変わったデザインだし、新しいものが好きな碧にはぴったりだわ。エメラルドも彼女の好きな石だし、ちょうどいいんじゃない？」

「へえ……綺麗だなあ。確かに碧に似合いそうだ」

これ、見せてもらっていいですか？　と店員に声をかけた白井は、色々と質問をし始めた。店員は丁寧に受け答えをしている。

その様子を微笑ましげに見ていた綾香は、ふと壁際にディスプレイされていたウエディングドレスに目をやった。

胸元は美しいドレープ状になっていて、スカートはウエディングドレスとしては珍しいタイトミニというデザインだ。ギリシャ神話に出てくる狩りの女神のようにきりりとした印象だった。ふんわりとしたドレスが多い中、こんなスタイルもあるのかと、綾香はまじまじと見てしまう。

（本当だったら……）

――ふっと頭に浮かんだのは、ウエディングドレスを着た顔の見えない誰かが、そっと司に寄りそう光景。

本当だったら司は、加奈子という女性と、そんな幸せな時を迎えていたはずだったのだ。はあ、と綾香は溜息をついた。

海斗に聞いた話が衝撃的で、このまま司のマンションに帰る気にもなれない。実は今日白井を誘ったのは、そのせいでもあったのだが……

それでも、ふとした拍子に司のことを思い出してしまう。

あの、強引で俺様な司が、そんな辛い思いをしていたなんて、思ってもみなかった。

（今のあの人からは、とても想像できないんだけど……）

大切に思いを積み重ねていた関係だったと、海斗は言っていた。

（私とは、全然違うじゃない）

そんな権利もないのに、少しだけむっとしてしまう自分がいた。

（いつだって意地悪で……大切にされたことなんて……）

心の中でぶつぶつ文句を言っていた綾香だったが、会計を済ませた白井に声をかけられ、やむなく現実に戻ることになった。

「ありがとな、水瀬。おかげでいい指輪、買えたよ」

一緒に自動ドアをくぐりながらそう言って笑う白井に、綾香も励ますように言った。

「プロポーズ、頑張ってね、白井くん。ちゃんと碧に言うのよ？」

「ああ。びしっと決めてやるよ」

彼が力強くそう言った瞬間――嫌な声がした。

「あら、奇遇ね、綾香さん？」

白井が隣で息を呑むのが分かった。綾香は瞬時に秘書の仮面をつけて、ゆっくりと声のする方を向く。

ウェーブのかかった黒髪に真っ赤なルージュ。そして鮮やかな赤のドレスを身に纏（まと）い、腕を組んでホテルのホールに立つ京華がいた。華やかなブランド店が並ぶ中にいても、彼女の艶（つや）やかな容姿は人目を引いている。

「……こんばんは、藤堂様」

綾香は丁寧に頭を下げた。白井もそれに倣（なら）って頭を下げる。白井を興味深げに見つめる京華の瞳は、知らない人が見れば無邪気な子猫のようにも見えただろう。だが……

（何か企んでいるわね……）

そう綾香が思った時、京華がくすくすと笑った。

「婚約者を放っておいてこんな場所に別の男と来るなんて、ねえ……なかなかやり手なのね、綾香さん」

違うって分かっているくせに――と内心げんなりしながらも、綾香は淡々と答えた。

「友人の買い物に付き合っただけです。藤堂様が気になさるようなことは何もございません」

いつもと違う綾香の様子に、白井が心配そうな視線を投げてくるのが分かる。ふふふっと京華の口元が歪む。

「じゃあ、関係のある人に聞いてみる？」

京華は振り返り、エレベーターの方を見た。

「ねえ、司。綾香さん、デート中なんですってよ」

「社長代理⁉」

白井が息を呑んだ。京華に気を取られ周りを見ていなかった綾香も、思わず息を呑む。赤いドレスとは対照的な黒のスーツ。大理石の床に、かつかつと足早に歩く音が響く。その人物――司が京華の隣に並んだ時、彼女は司に腕を絡ませた。

「うわ……」

白井が感心したように呟く。綾香も思わず目を見張った。

赤と黒。まろやかな曲線と、引き締まった直線。美女と美男。近付きがたいほどの迫力を醸し出す二人。

（二人揃うとモデルみたい……）

ただ、妖艶に微笑んでいる京華に対して、司の方は苦虫を噛み潰したような表情だったが。

「綾香さんもお楽しみ中のことだし……この後、二人で飲まない？」

誘いを掛ける京華に、司はちら、と冷たい視線を投げた。

「俺は運転があるから。これで失礼する」

京華の手をそっと解いた司は、そのまま綾香の方へ近付き、がしっとその左肘を掴んだ。

「なっ⁉」

腕を引っ込めようとした綾香を、じろり、と司が睨む。

「帰るぞ」

「あの、ちょっとっ……！」

そのままずりずりと引きずられるように連れ出された綾香は、咄嗟に白井に「ついて来て！」と口パクで伝えた。白井は頷き京華に一礼すると、司と綾香の後を追ってくる。

後ろを振り返った綾香が見たものは、微笑みを崩すことなく、全身から殺気を立ち上らせる京華の姿だった。

「ちょ、ちょっと、待って下さい！」

ホテルの裏口を出て、薄暗い駐車場へ向かおうとする司に必死に呼びかける。だが、司は足を止めようとしない。

「し、白井くん！」

綾香は何とか振り返り、裏口のドアのすぐ隣で立ち止まっていた白井に叫んだ。一緒に司に説明してもらおうと思い、ついてきてもらったのだが、これではどうしようもない。

「今日はこれで失礼するわ。碧によろしくね。ごめんね、じゃあまた！」

「あ、ああ、またな！　水瀬も気を付けろよ！」

必死の形相の綾香に、白井もやや混乱した様子で返してくる。

その声を背中で聞きながら、綾香は黙ったままの司に引きずられ、車の助手席に押し込まれる。

運転席に乗り込み車が発進したところで、司が尋ねてきた。

「碧というのは、この前秘書室に来た早見のことか？」

「そうです」

むっとしている綾香は、言葉少なに答えた。

（何なの、一体？　また無理矢理車に押し込まれるしっ！）

そのまま車の中に、沈黙が落ちる。運転している司の表情も、いつもより硬い。

窓の外には、夜景が綺麗な湾岸線。これが本当の恋人同士なら、さぞロマンティックな夜のドライブになるのだろうが、生憎（あいにく）そんな雰囲気ではない。

（……どうして、京華さんと？）

海斗の話では、司は京華を嫌っているはず。なのに、一緒にホテルにいた。

「言っておくが、あそこは藤堂系列のホテルで、俺達もよく使うところなんだ。そこで俺がじいさんと食事をしているところに、京華が乱入してきただけだぞ」

綾香の心中を読み取ったかのように、司が言った。

「乱入……」

ちっ、と司が舌打ちする音が聞こえた。

「あんな公衆の面前で、あいつを無下に扱えるわけないだろうが。忌々しいが、従妹でもあるんだからな」

「あ」

(そうか……あんなに目立つ二人が言い争いなんかしたら……)

どんな噂になるとも分からない。ましてや藤堂系列のホテルであれば、司の祖父や親類の耳に入らないとも限らないのだ。

それが分かっていて、京華は人前で司に迫っていたのか。

「……で？　お前は何故あそこにいた？」

苛立たしげな司の声に、綾香は眉間に皺を寄せる。

「プライベートなことです。お答えする理由はありません」

つん、と顔をそむけた綾香に、司が言葉を重ねた。

「理由ならあるぞ。俺と〝婚約〟しているにもかかわらず、他の男とブライダルショップから出てきたのだからな」

「……」

横目で司を見ると、彼はますます不機嫌そうな顔をしていた。おまけにこめかみがぴくぴく動いている。

（まったく……）

このまま突っぱねたところで、引いてはくれないだろう。自分も意地っ張りだと綾菜に咎められたことだし、多少は改善した方がいいのかもしれない。綾香は渋々言葉を選んで話し始める。

「白井くんが、碧に渡す婚約指輪を選ぶお手伝いをしていただけです。碧の指輪のサイズは私と同じですし、好みもよく知っていますから……」

「……」

車内の雰囲気が、若干和らいだ気がした。

「碧にちょうどお似合いの指輪があったので、白井くんが購入して。あのブランドはとてもセンスが良くて、私も好きなんです。だからアドバイスをしていました」

「お前は何か気に入ったものがあったのか」

「スカート丈の短いウエディングドレスが綺麗で……」

一体自分は何の話をしているのだろうか。訳が分からなくなってくる。

「京華がお前に会いに行ったそうだな。それに、海斗も戻ってきていると」

唐突に司が話を変えた。

昼間のことを思い出した綾香の胸は、むかむかと不快感で一杯になる。

「ええ、秘書室にいらっしゃいました。そこで、社長代理から手を引けと散々……」

怒りを抑えて淡々と話していると、司の視線が突き刺さるのを感じる。綾香はあえて、窓ガラスに映る街の灯りに目を向けた。

「お前はなんて言ったんだ？」

「『あなたは司さんにはふさわしくない』と申し上げました」

ぶすっとした声で返答した綾香には、司の表情は見えない。

「ふさわしくない……？」

綾香は外を向いたまま、つんとした声で言った。

「ええ。だって彼女は、藤堂家がどうとか当主がどうとか、そんな話ばかりだったんですよ？　確かにとてもお綺麗だし、血筋も確かなのでしょうけど。でも……」

綾香は一旦言葉を切った。

「あまりにも相手の気持ちを無視しすぎです。人を物扱いしていらっしゃる気がして、それで、かっとなって」

「……」

綾香は司の方を向き、頭を下げた。

「秘書として出過ぎた真似をいたしました。申し訳ございません。ですが、京華さんに謝る気はありません」

「……そんなことをする必要はない」

薄暗い車内に浮かぶ司の横顔が、対向車のライトに照らされて一瞬だけはっきり映し出される。綾香は再び外を向き、流れる夜景を黙って見ていた。今見た司の表情がひどく柔らかかったような気がして心臓が跳ね上がったが、あえて気付かないふりをする。

司もそれ以上、話しかけてこなかった。

マンションの地下駐車場で助手席のドアを開けて、降りる綾香に手を貸してくれた司は、先程までとは随分と雰囲気が違っていた。

瞳はとても優しく、上機嫌なように見えるが、どこか油断のならない空気を纏っている。

(私が京華さんを批判したのがそんなに嬉しかった？　でもそれだけじゃないような……)

綾香は首を捻りながら、司と連れ立って玄関ドアをくぐり、リビングに足を踏み入れる。司はネクタイを緩め、上着をソファの背もたれに掛けながら話しかけてきた。

「何か飲むか？　コーヒーならあるが」

「い、いえ……」

思わず口籠もる。司の視線が、何だかじりじりと熱い。そのままじっと見つめられると体が強張ってきた。

何だろう、この絡み付くような濃厚な雰囲気は。殺気立った京華といるよりも、身の危険を感じる。綾香は顔を引き攣らせ、目を泳がせた。

(さ、さっさと寝よう……)

ぎこちない動きで客室に移動しようとした綾香の耳に、司の声が届く。

「……綾香」

低くて甘い声。体が動かなくなる。

（そ、その声で名前呼ぶの、反則でしょうっ!!）

いつもの皮肉っぽい声なら何とかなるのに。

甘さを含んだ声は、どうしてもあの夜を思い出してしまう。赤くなった頬を隠そうと、綾香は俯いた。

司がこちらに近付いて来る気配がする。綾香の視界に、黒いスラックスが入ってきた。

「……こっち、見ろよ」

固まったままの綾香の顎に、司の大きな手が伸びてきた。そのまま司は綾香の顔を上向きにする。

司の瞳から目が逸らせない。体が、熱い。

「社長代理……？」

「綾香」

司が綾香の耳元に口を近付けた。

「……司、と呼んでくれ」

その時一瞬、全てが止まった。

司の広い胸に、綾香は強く強く抱きしめられていた。

「え……」

（一体、何が……？）

綾香は状況を呑み込めないまま、呆然となった。

「綾香……」

耳元で熱く囁く声。その甘い響きに、綾香はやっと我に返る。

「あ、あの⁉　社長代理っ⁉」

何とか体を離そうとする綾香の動きを封じて、司がまた囁いた。

「司だ」

「……っ、は、離し……！」

本気で司を押しのけようとしていた綾香は、聞こえてきた声の熱さに思わず手を止めた。

「司と呼んでほしい」

司。

そういえばあの夜も、名前を呼ばなかった。いや呼べなかった。

呼んだら、魔法がみんな解けてしまいそうで。

綾香があの夜のことを思い出している間に、司が言葉を重ねた。

「婚約者がいつまでも『社長代理』ではおかしいだろう」

「そ、それはそうですけど、でも海斗さんや綾菜の前以外では」

別に必要ないでしょう——と言おうとした綾香の頬を、柔らかい何かが一瞬這った。

「……⁉」

それが彼の舌だと気付いた綾香は、ぱっと頬に手を当て、顔を上げる。するとすぐ目の前に熱を宿した漆黒の瞳があった。

「なっ、何す……!?」

熱い唇が、開いた綾香の唇を襲う。下唇を甘く噛まれて、背筋が震えた。侵入してきた熱い舌に、逃げまどう綾香の舌はすぐに捕らえられた。ねっとりと絡む粘膜が生み出す刺激に、敏感になった全身の神経が反応する。

「んんっ、ふあっ……んんんっ」

唇と唇が擦れ合う。舌と舌が絡み合う。息と息が混じり合う。

どこからが司の唇でどこまでが自分の唇なのかも分からなくなってくる。胸板に両手を当てて体を離そうとしても、手先が痺れて力が出ない。

「やあ……はあ、ん……」

ようやく司が唇を少しだけ離した時、綾香の息は完全に上がっていた。ぼうっと司を見上げていた綾香は、そのまま体を抱き上げられてやっと我に返る。

「な、何してるんですかっ！」

「暴れるな。落とすだろ」

それでも足をばたばたさせていた綾香は、ぼすっと柔らかいクッションの上に落とされた。そこはリビングのソファの上。そう認識すると同時に、司が覆い被さってくる。

「綾香」

「ひゃあ！」

首筋にキスされた綾香は、思わず悲鳴を上げた。くすくす笑う低い声に、ますます体が熱くなる。

両脇に置かれた司の腕のせいで、身動きが取れない。

「呼んでみろよ、司って」

「あ、の」

ごくりと唾を呑み込んだ綾香は、間近で妖しく光る司の瞳を見ながら恐る恐る言った。

「司……さん？」

若干上がった語尾に司は片眉を上げたが、そのまま首元に顔を埋めてきた。

「あっ、なにし……！」

ちくりと痛みが走る。痛んだ部分を今度は熱い舌が舐め回した。綾香の胸にあの夜の熱がよみがえってくる。

「やっぱり、お前は甘い。甘くて……美味い」

「やめっ……んんんっ」

再び唇を塞がれた綾香がそちらに気を取られている間に、ひんやりとした手がブラウスの下に潜り込んできた。綾香の胸の膨らみが、大きな手に掴まれてふるんと揺れる。

「あっ、や……！」

親指の腹で先端を擦られ、思わず顔を背けた綾香の耳に、司が囁いた。

「何故、俺だった？」

「えっ……」

一瞬、何を言われたのか分からなかった。

司の顔を見上げた綾香は、その瞬間、彼の瞳から目を逸らすことができなくなった。

「海斗の結婚式の夜、お前はまだ海斗のことを思っていただろう。海斗の身代わりとして俺を選んだのは、何故だ？」

「それ、は」

綾香が言い淀むと、きゅっと先端の蕾を摘まれ、思わず「あんっ」と声を上げた。少し痛みの混ざった鋭い快感が、ぴりぴりと体に流れていく。

「言いたくないなら、言いたくなるようにしてやろうか」

「……!?」

司の雰囲気に完全に呑まれていた綾香は、彼の唇が自分のものと重なりそうになっていることにようやく気付いた。熱い息が掛かる距離で、やっとの思いで言葉を絞り出す。

「あ、あなたのっ……」

「俺の？」

ちゅっと、軽く唇と唇が触れ合う。擦れる感覚がじれったい――そんなことを思う自分が怖くなった。

「こ、えが」

「声？」

司が眉をひそめる。そうしてしばらく考えた後、はっとしたように目を見開いた。やわやわと白い膨らみを揉んでいた手が綾香から離れる。司の瞳から熱が引き、代わりに冷たい光が宿った。さっきまでの甘さも一瞬で消え失せていた。

「……海斗に似ていた、からか」

感情のない司の顔で、ぎらぎら輝く瞳だけが生気を帯びているように見える。それを見た綾香の胸は、ずきんと重く痛んだ。

「今でも、そう思っているのか？　俺の声が海斗に似ていると？」

司が吐き捨てるように問い質す。綾香は胸を両手で押さえながら、掠れた声で言った。

「思って……ない」

司が疑うような視線を投げる。

綾香は思わず手を伸ばしていた。司の胸元あたりのシャツを掴んで叫ぶ。

「思ってない！　か、海斗さんは……あなたみたいな、言い方はしなかった！」

「……」

司は黙ったまま、綾香を見下ろした。

「あ、あなたは……皮肉っぽくて、嫌味ったらしくて、偉そうで……っ！」

「悪かったな」

ぶすっとした声で言われたが、綾香はそのまま言葉を続ける。

「海斗さんは……そんな、声で」

綾香は視線を落とし、小声で言った。

「そんな甘い声で囁(ささや)いたり……しなかった、もの……」

「……え?」

司が呟いた。綾香は「だから!」と叫ぶ。

「海斗さんは、私に甘い声で囁(ささや)いたりしなかった! あなたと海斗さんの声を間違えるなんて、そんなこと、もうあり得ない!」

——いつも穏やかで、優しかった海斗の声。

——いつもこちらの心に踏み込んでくるような、司の声。

あの夜に似ていると思ったこと自体、今からすると信じられない。こんなにも、二人は違うのに。

綾香は唇を噛んだ。

「あ、あなたのことは……あなたとしてしか、もう見られない……んです……」

——沈黙が訪れた。司はじっとしたまま、動かない。

(私、一体何をっ……!)

言ってしまってから、堪(たま)らなく恥ずかしくなってきた。ますます頬が熱くなる。顔を上げることができない。シャツを掴んだ手も、強張(こわば)ったまま動かせない。

「綾香……」

低い声が脳の奥にまで響いた気がした。再びぎゅっと抱きしめてきた司の体が熱くて、どうしたらいいのか分からない。大きな胸に顔を埋(うず)める形になった綾香は、〝男〟の匂いにくらくらした。

「……俺と海斗を混同していない。そう言ったな？」

「は、はい……」

（また声が甘くなってる⁉）

焦燥感が綾香を襲った。何かのスイッチを入れてしまった気がする。

「そ、その……離して、もらえないでしょうか……？」

恐る恐る言った綾香の言葉を、司は「嫌だ」とばっさり切り捨てた。

（そ、そんなにきっぱり言わないでっ）

焦る綾香の耳元にキスが落とされ、甘い声が耳奥まで侵入してきた。

「……俺を俺として見てくれているなら」

ぞくり、と綾香の背筋が震える。心臓が跳ねて口から出てきそうだ。

体は痺れたように動かない。そんな綾香の顎を司が捕らえ、くいっと顔の向きを変えさせられる。

――自分を見つめる、漆黒の瞳。その妖しさに――言葉が出ない。

「海斗の代わりとしてではなく」

「あ、の」

動けない。捕らわれてしまって、動くことができない。言葉にできない感情が綾香の全身を縛っていく。

「……俺として、お前を抱きたい」

綾香は呆然と司を見た。

――お前を抱きたい？

「綾香……」

熱い吐息と共に耳元に落ちてきた唇に、びくりと体が反応する。

「あ、あの、ちょっ……んんんん⁉」

唇を塞（ふさ）がれるのと同時に、司の手がまた不埒（ふらち）な動きをする。ぐい、と丸みを覆（おお）う下着の下に手が忍び込んできて、柔らかく揉み始めた。

「は、ああんっ」

親指と人差し指で擦（こす）られた胸の蕾（つぼみ）は固く尖（とが）り、体の奥からじわじわと熱さが滲（にじ）み出てくる。吐息を漏（も）らした綾香は、それを隠すように太腿（ふともも）を擦（こす）り合わせた。

「硬くなってるぞ。気持ちいいか？」

「あっ、やあ、ん」

思わず漏（も）れてしまう甘い声が恥ずかしい。顔を逸（そ）らした綾香の首筋を、上から下へと司の舌が舐めていく。

ブラウスのボタンを器用に外した指が、薄い下着を腰までずらす。ふるんと揺れた左胸に司が齧（かじ）り付いた。蕾（つぼみ）を強く吸われた綾香は、「ああんっ」と叫び、頭をのけ反らせる。司はじっくりと堪能（たんのう）するように、再び綾香の肌を吸った。

「お前は本当に甘い……」

左胸は唇に、右胸は長い指に甘く弄（いじ）られ、綾香は身を捩（よじ）った。時折感じるぴりっとした刺激さえも、気持ちがいい。綾香の息は荒く乱れ、吐息の温度も上がっていく。

「あああっ、はあ、ん」

司は舌を蕾に巻き付けて、優しく吸った。もう片方の蕾をこりこりと擦る指が、綾香に容赦なく快感を与えてくる。

「あっ……あああっ！」

体の奥がじんじんと熱く痺れ、とろりと何かが溶け出す感覚や、むず痒さ、切迫感のような熱い感覚が波となって綾香を襲った。

「は、あんっ、あああああっ」

びくん、と綾香の体が一瞬震えた。高鳴る心臓の音が耳鳴りのように頭に響く。綾香の潤んだ瞳を見た司は、半開きの唇をまた塞いでくる。

「ふ、あ、んん……っ」

もう抵抗らしい抵抗もできなかった。司の舌と指に翻弄されて火照った体は、もっともっとと何かを求めていた。

（ああ……だめ……）

わずかに残った理性が、綾香に警告する。

（いいの？　このまま流されてしまっても、いいの？）

綾香の迷いを察知したのか、司の手がさっとスカートにかかった。そのまま、タイトスカートの裾を捲り上げ、ストッキングをずらす。汗でしっとりとした白い太腿に空気が触れた。

「あっ、やめっ……ああんっ」

下着の上から、何かを探すように司の指が動く。強めに擦り上げられて、下着の布が敏感な部分に触れる。じわじわと熱いものがナカから滲み出てくる。

「ひゃ、あん！」

するりと指が二本、隙間から下着の中に入り込んできた。柔らかな茂みを探った司が、にやりと笑う。

「もうこちらは濡れているようだな」

「あああああっ！」

すっと指が擦っただけで、綾香の腰が跳ねた。柔らかい肉の花びらの間で、長い指が動く。

「あっ、や、はあっ」

指の動きはスムーズだった。優しく撫でるように、時には摘まむように。その動きに、ねちゃねちゃと厭らしい音がついて回る。

綾香は口を開けたまま、はっはっと短い呼吸を繰り返していた。やがて、襞をより分けた指が、きゅっと一番敏感な突起を摘まんだ。

「ああっ！」

それだけで、快感が弾け飛んだ。背中をのけ反らせた綾香は、止まらない指の攻撃に、悲鳴に似た声を上げる。

「ああっ！　はっ、はあんっ、ああ！」

何度も熱い波に攫《さら》われる。流されそうになる。でも。

（だめ……このままじゃ、だめ……）

こんな気持ちのまま、身を任せてしまったら、きっと後悔する。

（だめ……っ！）

綾香は必死に身を捩《よじ》り、快感を与え続けようとする司の指から逃れ、声を上げた。

「司さんっ」

彼の動きが止まった。司は綾香の顔を見下ろす。そのぎらぎらした瞳を見つめながら、綾香は言った。

「待って下さいっ……！」

「……」

司は眉をひそめて綾香の顔をじっと見つめた。何とか乱れた息を整えた綾香は、真っ直ぐに司を見る。

「こ、このまま、突き進むことはできません」

「何？」

司の纏《まと》う空気の温度が、わずかに下がった。綾香はごくりと唾を呑み込む。司の瞳の迫力に押されそうになるが、ここは引けない。

「お前は俺と海斗を混同していないと言ったな？　だったら、今度こそ抱いているのは『俺』だと認識できてるはずだよな？」

「そ、それはそうですが」

また迫ってくる司の唇を、すんでのところで避けながら、綾香が叫ぶ。

「……あ、あなたと出会ってから、いろんなことが起こり過ぎなんです！　か、海斗さんへの思いだって整理し切れていないし、あなたのことをどう思っているのかだって分からないし……なのに、あなたは私の気持ちにずかずかと踏み込んでくるし……っ！」

綾香の叫びは、切羽詰まっていた。

「こ、こんな気持ちのまま、あなたと関係を持ったら……絶対後悔するに決まっています！　あの夜の後だって、何度も後悔しっ……」

その途端、司のぎらつく視線に綾香は言葉を呑み込んだ。トーンの低い司の声が響く。

「後悔している、だと？」

さっきと同じ、冷たい声。

「あ、当たり前でしょう!?　初めて会った人とあんなこと……っ!!」

しばらく、二人の間に沈黙が落ちた。綾香の背筋にも冷や汗が流れる。

「……あの時」

司は一拍置いて再び言葉を継ぐ。

「もし、俺以外の男に誘われても……お前はついていったのか」

「え？」

予想外の質問に、反応できなかった。

（この人以外に誘われていたら……？）

あの時、大勢の男性がパーティー会場にいたことは覚えている。何人かに声を掛けられたような気もする。でも、自分の気持ちを隠すのに必死だったから、挨拶程度でやり過ごした。

あの夜、自分の張り詰めた心の中まで入ってきたのは、司だけだった。

「……行っていない……と思い……ます」

「……」

司の強い視線に晒されながら、綾香にとっては気まずいだけの時間が流れた。

「……ったく、お前という奴は、どこまで人を……」

深い溜息と共に、司が綾香の体から手を離した。綾香はすぐに胸を庇うように腕を交差させる。

その様子を見る司の瞳は、どこか残念そうだった。

「……で？　いつになったら、気持ちの整理がつくんだ？」

「は？」

綾香が目を丸くすると、司は意地の悪い笑顔を見せた。

「納期を明らかにするのは、ビジネスの基本だぞ。先の見通しが立たないまま、うだうだと無駄な時間を過ごす気か？」

（いえ、あの、いつからこれがビジネスに？　納期って何？）

綾香の頭はまだ、状況についてきていなかった。

「俺が設定してやろうか？　……そうだな、三日後というのはどうだ？」

「三日⁉　み、短すぎますっ‼」

綾香は思わず叫んだ。

「なら、いつだ」

「う……」

言葉に詰まる綾香に、畳みかけるように司が言った。

「答えられないなら……」

じりじりと、また司の唇が迫ってくる。綾香の唇に触れるすれすれのところで、にまりと笑った。

「今すぐケリをつけるが――」

「ままま、待って下さいっ！」

次第に増していく司の迫力に押されて、綾香は早口で言った。

「わ、分かりましたっ！　一ヶ月！　一ヶ月下さいっ！」

司の右眉が上がった。しばらく沈黙した後、彼は低い声で言った。

「……分かった。一ヶ月後だな？　忘れるんじゃないぞ」

「わ、かりました……」

じろりと綾香を見下ろした後、司はソファから下りた。ようやく解放された綾香も、息を吐きながら体を起こす。乱れたブラウスや下着を慌てて整えるものの、その様子を見下ろす司の瞳は妖しかった。

「待ってやるが、逃げるなよ。逃げたりしたら一生後悔させてやる」

「は、い……」

引き攣った表情のまま、綾香は頷いた。

（逆らえ……ない……）

何だか今夜は安眠できそうにない……

＊　＊　＊

「はあ……」

秘書室の自席で契約書をバインダーに纏めながら、綾香は溜息をついていた。今朝、鏡で見た自分の目元には隈ができており、睡眠不足なのは明らかだった。紺色のスーツも何だかくたびれているように思える。

時計を確認すると、もう午後四時になっていた。

（……あっという間よね、時間が経つの）

海斗が戻ってきたからといって、すぐに彼が業務に戻るわけではない。司が今やっている仕事が一段落つくまでは、もう少し日本で新婚旅行の続きをしてもらうことになっている。

そのため、司は引き続き社長代理としての仕事をし、綾香もその補佐をしているわけだが——最近、業務量が増えている。司は何故か、急ぎの仕事でなくとも、早め早めにこなそうとしているのだ。そのせいで彼と二人、遅くまで残業することも珍しくはない。でも、その方が気が紛れて助かる、と綾香は思った。

（業務中は迫られたりしないし）

さすがに仕事モードの司は、厳しさを崩さない。が、業務が終わった途端、以前にも増して甘く危険な雰囲気を纏った狼に変身してしまう。何とか躱しているものの、いつまでそうしていられるのか。だんだん包囲網が狭まっているような気がする。

おまけに、元いたアパートは司が早々に確約手続きを取ってしまっていた。抗議した綾香にも、「あんな危険な所で生活などさせられない」の一点張り、おかげで今、綾香が帰れる家といえば司のマンションしかなく、新規物件を探そうにも忙しくて時間もなければ、精神的余裕もなかった。逃げ場のない獲物の気分を綾香は味わっていた。

（……どうしたら）

まだ心の中はぐちゃぐちゃなまま。自分の気持ちもよく分からない。司のことも。

『綾香』

司の囁き声が耳によみがえり、綾香の指の動きが一瞬止まる。

その時、がちゃりと社長室のドアが開いた。

「水瀬。田代工業との案件の資料は」

机の前に立った司が、冷静に綾香を見る。綾香はすっと席を立ち、壁際の本棚にずらりと並んだバインダーの中から目的の一冊を取り出した。

「はい、こちらに」

バインダーを手渡す時に司の指に触れた。一瞬手が震えたが、なんとか秘書の仮面をつけたまま、微笑んでみせた。

司はこちらを観察するような目つきをした。

灰色のストライプのスーツを着た彼を見るだけで、心がざわつく。早く立ち去ってくれないかと思いながらも、綾香は端整な司の顔を見上げていた。

司が口を開きかける。その時、入り口の扉をノックする音が聞こえた。綾香は内心ほっとしながら、彼の横を通り過ぎて入り口に向かう。

「はい……、っ!?」

そこに立っていたのは、金糸を織り込んだ白のスーツを着た京華と、グレーのスーツ姿の海斗だった。

(どうして、京華さんと海斗さんが!?)

京華が来たことも驚きだが、海斗が来たことにも驚いた。彼はまだ綾菜と新婚休暇中のはずなのに。目を丸くした綾香に、京華が妖艶(ようえん)な微笑みを向ける。

「綾香さん、司いるでしょ? 彼に用があって来たの」

ふわりとカールした髪が、京華の華やかさをより引き立てている。京華が綾香の前を通り過ぎて秘書室に入ってきた時、上品な薔薇(ばら)の香りがした。

「突然すまないね、綾香」

続いて入ってきた海斗は、綾香の傍で足を止めて謝罪する。

「海斗さ……社長」

海斗はやれやれ、といった風に溜息をつき、横目で京華を見ながら言った。

「じいさんから呼び出されて、藤堂カンパニーの本社に行っていたんだ。そしたら京華がこっちに来ると言って。この前のこともあるし一緒に来たんだが」

海斗が藤堂会長に呼び出された？　驚いて見上げると、海斗は苦笑した。

「綾菜も分かっている。話をして、納得してくれた」

「司、お祖父様からの呼び出しを無視する気なの？」

京華の言葉に、綾香は司の方を振り向いた。京華が猫のような目で司を見上げている。

「まだ仕事が一段落していない」

あら、と京華が小首を傾げる。その自信たっぷりな仕草に思わず見惚れつつ、綾香は二人の会話を聞いていた。

「この前のお祖父様との夕食で、本社に戻るよう言われたでしょ？　せっかく海斗が戻ってきたんだから、小野寺商事の仕事は早く切り上げろって。なのになかなか戻ってこないから、お祖父様は業を煮やして海斗を呼び出したのよ」

「えっ」

「そうなのか、司？」

綾香は海斗と共に目を見開いた。そんな綾香に、京華が呆れたように言う。

「あら、あなた秘書のくせに何も聞かされていないの？　今、藤堂カンパニーでは巨大プロジェクトを立ち上げようとしてるの。司はその責任者に任命される予定なのよ。次期当主としての最初の大仕事ね」

がんと頭を殴られたようなショックが綾香を襲った。藤堂カンパニーでそんなことになっているなんて、司は一言も口にしなかった。最近彼が忙しかったのは、まさか。

「だから大急ぎでこちらの仕事を終わらせようとしてたんでしょ、司は。一ヶ月後には正式にプロジェクトメンバーが発表される予定だし、もう時間がないわ」

だから私が直接呼びに来たの、と京華が笑う。綾香は呆然と立ち尽くしていた。

(もう戻るの⁉)

確かに司は元々は海斗の代わりだ。だから海斗が戻ってきたら、藤堂カンパニーに戻ることも分かっていたはずなのに。こんなに突然、話が進むなんて。

司は前髪をかき上げながら重い溜息をつくと、京華に言った。

「一度本社に戻ると会長には伝える。こちらでの仕事は、予定通りキリの良いところまで終わらせる。それでいいか、海斗」

海斗が気遣わしげに司を見た。

「ああ、そうしてもらえると助かるが……いいのか、司？　じいさんの方は」

「会長には俺から話す。すまないな、海斗。新婚旅行中なのに」

「元々俺の仕事だ。留守を預かってくれただけでも感謝している」

黙ったままの綾香に向かって、京華がにっこりと――毒を含んだ笑顔を見せた。

「ねえ、綾香さん？　あなたの義父……だったかしら。事もあろうにお祖父様を強請ろうとしたのはご存じ？　司の婚約者が自分の娘だ、って言って」

「京華!!」

「えっ……!?」

さっと血の気が引いた。藤堂財閥の会長を強請った……？

（あの男……！）

あの時、司さんが『婚約者だ』と言ったことを覚えていたのか。それで……

（どこまで卑劣なことをっ……！）

司を見て、金になると踏んだのだろう。そういうことには異様に鼻が利く男だった。綾香はぎりと奥歯を噛みしめた。息を大きく吸った後、司と京華に向かって深々と頭を下げる。

「申し訳……ございませんでした」

そんな綾香に、京華は右手をひらひらと振って事もなげに言った。

「あら、気にしなくてもいいのよ。藤堂家ぐらいになれば、そんな輩、いくらでも付き纏ってくるから。早々にお祖父様が海斗に確認して、もう対処済み。あの男がもうあなた達姉妹に接触してくることはないはずだわ」

「えっ」

綾香が息を呑んで海斗を見ると、彼はすまなそうな顔で言った。

「じいさんには結婚する前に相談はしていたんだ。司から連絡があった二日後、じいさんからも大谷についての確認があったから、事情を話した。こちらで片をつける、と言っていた」

「良かったじゃない、綾香さん。これであなたが司の所にいなくちゃならない理由、なくなるんでしょう？　元の生活に戻れるわよ」

綾香はまた息を呑んだ。海斗が綾香を庇うように京華を睨み付ける。

「何を言ってる、京華。綾香は司の婚約者だぞ。一緒にいて何が悪い」

京華がころころと高笑いをした。

「そんなこと信じてるの、海斗。女性関係に慎重だった司がいきなり婚約だなんて、あるわけないじゃない。綾香さんのことで、新婚旅行中のあなた達夫婦に心配かけたくないから、婚約だなんて言っただけに決まってるわ。婚約者である自分が面倒みるとでも言ったんでしょう」

「それ、は」

海斗が言葉を詰まらせた。海斗も突然の婚約に驚いたと言っていたのだから、聡い京華がそう思っても無理からぬことだったのだろう。

「だが司は」

「どちらにせよ、お祖父様が認めていない婚約なんて、意味ないわよ。叔父様、叔母様だってご存じなかったんだから」

京華の言葉を徐々に理解した綾香は、顔が強張ってくるのを感じた。

『あの男の件が片付いたら、婚約解消すればいい』

あの時、確かに司はそう言った……

元の生活とは、どんなものだったろう。思い出せない。何も……言えない。

「いい加減にしろ、京華！　その話は今関係ないだろう！」

司が京華に食ってかかる姿を、綾香はぼんやりと見つめる。京華の目が冷たく光った気がした。

「あら、関係あるわよ？　そのせいで司が戻るのが遅くなるなら、大問題じゃない」

京華が海斗に視線を移し、少し咎めるような口調で言った。

「海斗も早く司を解放してあげなさいよ。次期当主としての実力を一族に知らしめる絶好の機会なんだから」

「お前が言うことじゃないだろう、京華」

むっとした表情の海斗を見て、京華は笑った。

「私だって本社の専務の一人よ。我が社の命運を懸けたプロジェクトに口出しする権利くらいあるでしょ？」

京華が綾香を見て、真っ赤な唇をうっすらと歪めた。まるで、あなたには口出しする権利はないけれど——そう言われた気がした。

「とにかく明日中に一度顔を出しておいた方がいいわよ、司。お祖父様に色々追及されたくなければね」

京華は、軽い足取りで綾香に近付き、通りすがりにこう囁いた。

「……司のためを思うなら、さっさと身を引くことね」

ばたんと音を立てて、ドアが閉まる。綾香はその場に突っ立ったままだった。

「おい、司。じいさんから戻るように言われていたなら、なんでもっと早く俺に言わなかったんだ？」

海斗の声に、ようやく綾香の頭も回り始める。じわじわと京華の言葉の毒が、黒く心に広がってくる。

「新婚旅行を切り上げさせたのは、俺が原因だからな。少しでも休暇を楽しんでほしかったんだが」

司はそう言うと、綾香に視線を向けた。綾香の口元が強張る。

海斗は、溜息をついて言った。

「旅行を切り上げたのはお前のせいじゃないよ。綾菜はずっと綾香を一人にすることを心配していたんだ。だから司の話を聞いた時は驚いて帰国したんだが、今は安心している。司がいれば、綾香も安心だと」

綾菜を安心させるための婚約話。でも、大谷の件が解決すれば解消になる。そして京華の話では、もう大谷は関わってこないという。海斗も復帰して、司も藤堂カンパニーに戻る。だったら……

（このタイミングが……もしかしたら）

ぎゅっと握りしめた右手の甲が白くなる。胸の痛みが喉にせり上がってきた。それでも綾香は、司を真正面から見て、静かに言った。

「……社長代理。私はすぐにあのマンションを出ます。会長にもご迷惑をお掛けして、申し訳ありませんでした」

頭を深々と下げた綾香に、司と海斗は黙り込んだ。海斗が司の様子を窺うように見、司は異様にぎらぎらとした瞳で綾香を見据えていた。

「短い間でしたが、お世話になりました。今日からはホテルにでも泊まりますから……」

今まで住んでいたアパートはもうないが、大谷のことがなければしばらくホテル住まいでも構わないだろう、と綾香は思った。

「その必要はない」

綾香の言葉を、司が遮った。

「どちらにせよ、俺は一旦本家に戻って祖父と話をする。仕事の都合でしばらくはマンションにも戻れないと思う。俺のことは気にせず落ち着くまで、あのマンションにいればいい」

「でも」

もうその必要はないのに――と言いかけたが、こちらを制するような司の強い視線に声が出なくなった。海斗が取り成すように間に入る。

「まあ、綾香も住む場所が決まるまでは司のところにいればいいだろう？　何だったら、俺達のところでもいいし。綾菜も喜ぶ」

「そんな、海斗さんや綾菜に迷惑は掛けられません！」

綾香は首を横に振った。ただでさえ、新婚旅行を中止させてしまったというのに、居候までするわけにはいかない。

「なら、うちにいろ。分かったな？」

「……はい」

司からの重圧に耐えながら、綾香は小さく頷いた。そこでようやく司は綾香から視線を外し、海斗の方を見る。

「海斗、引き継ぎの話がある。時間は取れるか？」

「大丈夫だ。今から始めよう」

そう言って二人は社長室の中に入っていく。

閉まるドアを見ていた綾香は、重い胸の内を言葉にすることができないまま、しばらくその場に立ち尽くしていた。


その後、海斗との打ち合わせを終えた司は、当座の着替えを取りに行くと言い、綾香と共にマンションに戻った。車内でも、お互い話さなかった。司が自分の荷物を纏める間も、綾香は声をかけることができない。

（私……）

自分に何か言う権利はない。京華の言った通りだ。だから、本当ならここから出ていくのが正しい。

なのに——重い。体も心も重たくて、立っているのが精一杯だった。

「綾香」

旅行鞄を左手に持った司が、玄関で見送る綾香を振り返って言った。

「一ヶ月はここにいろ。分かったな」

綾香はぼんやりと頷いた。司がまだ何か言おうとした時、彼の上着から電話の着信音がなった。ちっと舌打ちをした司がポケットからスマホを取り出す。

「はい、司です。……ええ、今から戻ります……はい、では後ほど」

口調からして、相手は彼の祖父だろうか。短い会話を済ませた司は、スマホをしまい、鞄を床に置いた――と思う間もなく、綾香の唇は熱い感触に覆われていた。

「んんん――っ！」

かっとお腹が熱くなり、何も考えられなくなる。冷たく重かった手足に熱が通っていく。伝わってくる司の体温と匂いが心地よくて、思わず手を伸ばしてその首に縋りついた。絡み合う舌の触感に、体の熱はますます上がっていく。

「んっふ、あ……」

――離れたら、しばらく会えなくなる。

胸を突き刺す痛みを忘れようと、綾香は一層強く司に縋りついた。司の腕にも力がこもる。口の中を舐めつくすような舌の動きに、綾香の体から力が抜けた。

「は、あん……ふ」

この鼻にかかった甘い声は誰のもの？　ねっとりとした厭らしい水音や、舌と舌が絡まる触感は現実なの？

わずかに空いた唇と唇の隙間から、くぐもった低い声が口の中に響いた。

綾香、と聞こえた。膝に力が入らずよろめく綾香の体を、逞しい司の腕が支えている。綾香はもう何も考えることができなかった。ただこの熱い感覚を体に刻みつけたくて、縋りついていた。

激しいキスは、唐突に終わった。唇を離した司が、綾香をじっと見つめる。綾香は焦点の合わない目で、司を見上げた。

「綾香。俺とのことを考えておいてくれ」

低い声でそれだけ言った司は、綾香から手を離して再び鞄を持ち上げると、そのまま玄関から出ていった。ドアの閉まる音がやけに重々しく響く。

綾香は熱の残る唇を手で押さえたが、体にも残る熱の余韻をどうすることもできず、閉じられたドアを見つめるだけだった。

＊　＊　＊

「水瀬。この書類を杉野部長に届けてくれ」

「はい、社長」

海斗から書類の束を受け取った綾香は、ぺこりとお辞儀をして社長室を後にした。営業部に向かうエレベーターの中で、鏡張りになった壁に映る自分を見た。

いつもと同じ、紺色のスーツ。いつもと同じ、ひと括りにした黒髪。そして、いつもと同じ秘書の顔——なのに。

綾香は小さく溜息をつく。本当に、あっけなく元の日常が戻ってきた。司から海斗に渡された引き継ぎ書類は、本当に綺麗に纏められていたらしい。

海斗はすんなりと業務へ戻っていた。以前と同じ日々。ただ違うのは、海斗が残業をせず、定時に帰宅するようになったことぐらいだった。

エレベーターを降りた綾香は、真っ直ぐに営業部へと歩いていく。しかし、すれ違う社員に会釈をしながらも、つい思いは別のところに飛んでしまう。

（連絡……ないわね）

あれから二週間、司は一度もマンションに戻っていない。連絡もよこさない。海斗の話では、会社に泊まり込みながらプロジェクトに打ち込んでいるらしい。海斗は「俺の代理をしていた時よりも忙しいみたいだ」と苦笑いしていた。

司がマンションを出た翌日、綾香が帰宅するとケータリングの夕食と朝食が置いてあった。どうやら司が手配していったらしく、掃除も家政婦が日中にしてくれていた。それから毎日、バランスの取れた美味しそうな食事が届く。

けれど、一人で食べる食事は何故か虚しかった。豪華なマンションにいても、ただ広い部屋に一人きりで、することもなく――胸に穴が空いたような感覚がずっと続いている。

綾菜も色々と気に掛けてくれているらしく、『晩ご飯食べに来ない？』という連絡をもらったが、新婚家庭にお邪魔するのは気が引けた。

廊下で立ち止まり、もう一度溜息をついた綾香は、両手でぱんと頬を叩いて気合いを入れてから、営業部と総務部がある部屋へと入っていく。

スチール製の机がずらりと並んだ営業部は、あちらこちらで電話の声が飛び交い、今日も活気に溢（あふ）れていた。席の半分以上が空席なのは、客先回りをしているからだろう。綾香は営業部の奥、窓際の部長席に向かった。

「杉野部長、社長の承認が下りました。このまま進めてもよいとのことです」

「ああ、ありがとう水瀬さん」

綾香が社長印の押された書類を差し出すと、白髪（しらが）交じりで恰幅（かっぷく）の良い杉野が笑みを浮かべた。

「社長代理の秘書、ご苦労だったね。藤堂社長代理は仕事には厳しい方だから大変だったろう。わずかな期間だったが、あの藤堂カンパニーの専務だけあって、素晴らしい手腕だった。私も見習わないと、と思ったよ」

「そう、ですね」

ずきりとした胸の痛みと共に、笑顔が少し引き攣（つ）る。綾香は杉野にお辞儀をし、営業部を出ようとした。

「水瀬」

後ろを振り向くと、白井が綾香のすぐ傍まで来ていた。そう言えば、さっきの書類にも白井の名前があった。綾香はふふっと微笑む。

「白井くん。また案件ゲットしたのね、おめでとう」

綾香がそう言うと、白井はきょろきょろと周囲を見回し、総務部の方に右手を上げて合図しながら、綾香を促した。

「水瀬、ちょっとこっちに来てくれ」

「え？」

白井に連れられるまま、綾香は廊下に出て自販機コーナーに入っていく。すると綾香のすぐ後ろから碧が入ってきた。他に誰もいない自販機コーナーで、白井と碧が並んで綾香の前に立つ。

「碧も？　どうしたの？」

薄いベージュ色のスーツを着た碧が、こほんと咳をし、左手の甲を綾香に見せた。その薬指には、深い緑色に輝く指輪が嵌められている。

「これ、昨日もらったの」

「まあ！　おめでとう、碧、白井くん！」

碧が照れたように笑う。白井も頭をかいて、照れ臭そうにしていた。

「ありがとう、綾香。これ綾香が選んでくれたんでしょ？」

「ううん、私は少しアドバイスしただけで、選んだのは白井くんよ」

思った通り、あのエメラルドの指輪は碧によく似合っていた。幸せそうな二人を見て、心の隅が少し痛む。そんな綾香を、碧はじっと見た。

碧が白井に目配せすると、白井は「じゃあ、またな水瀬。本当にありがとう」と言ってその場を立ち去る。その直後、碧が綾香に向き直った。

「ねえ、綾香。社長代理とはどうなっているの？」

「――っ」

一瞬顔が強張るのを、綾香は隠すことができなかった。そんな綾香を見た碧が、右手を額に当て、はあと溜息をついた。

「……昨日、ホテルの展望レストランでこの指輪を受け取ったの。それで、ついでにブライダル商品も見てみようかって話になって、ブライダルショップに行ったら――」

碧は少し躊躇する様子を見せたが、すぐにしっかりと綾香の目を見て言った。

「――社長代理を見かけたの」

「えっ?」

綾香は目を丸くした。プロジェクトで忙しいはずの司が、ブライダルショップに――?

「私達がエレベーターを降りた時に、ちょうど店から出てくるところを見たの。挨拶しようかと思ったけれど……人目を引く女の人が話しかけていて」

さっと血の気が引いた綾香の顔を心配そうに見ながら、碧が言葉を続けた。

「白井くんが、その人を見たことがあるって。同じ場所で社長代理と一緒にいるところに出くわしたって」

(京華さんだ。京華さんと一緒に……?)

頭が真っ白になって、何も考えられない。

「二人ともすぐに立ち去ったから、どんな話をしていたのか分からないの。ただ、女の人が社長代理に付き纏っているような感じはしたわ。社長代理はあまり彼女の方を見ていなかったし」

『司は、私の所に戻ってくるに決まっている。今までだってちょっとした浮気はあったけど、これまでずっと私のものだったんだから』

勝ち誇ったような京華の声が聞こえた気がした。

どうして二人でブライダルショップにいたんだろう。やっぱり彼らは……

「ちょっと、綾香！」

肩を掴まれる感触がして、綾香ははっと目を見開き、目の前の碧を見た。

「何ぼーっとしてるのよ。このままでいいの⁉」

「いい……って」

碧が綾香の胸に指を突きつけて叫んだ。

「また諦めてしまうの⁉　社長の時みたいに！」

(諦める？)

あの時のように、自分の気持ちを押し殺して……それで？

(私……海斗さんの時は……)

辛かった。嫌だった。泣きたかった。

でも、その思いを彼に打ち明けようとは思わなかった。綾菜に幸せになってほしい——その気持ちの方が強かった。そして今、海斗と綾菜の傍にいて感じるのは、わずかな鈍(にぶ)い痛みだけだった。

それも徐々に薄れつつある。

今回も、同じように諦めたら。そうしたら、いずれ今みたいに感じるようになる？

『――綾香』

あの低い声も、熱く睨（にら）み付けてくる目も、そして――優しい手も、温かな体温も、みんな忘れられるのだろうか。

どくんと心臓が鳴る。全身の細胞が叫び出す。

嫌だ。

碧の言葉に反発するように、綾香の心に浮かんできた言葉。単純だけど力強いその言葉は、一瞬で綾香の心を塗り替えていく。

一緒にいた時間は海斗よりもずっと短い。それでも、怒って泣いて、胸が痛くなってどきどきして。海斗といた時よりも、ずっとずっと――色鮮やかで濃密な時間を司と共に過ごした。意地悪な笑顔も、強引に抱き寄せる腕も……きっと忘れられない。

(私……司さんのこと……)

もう答えは出ていたのに。自分が気付けなかっただけだった。過去にこだわって、今が――今の気持ちが見えていなかった。

(何もしないで諦めるなんて……できない)

綾香は碧の右手をそっと両手で握りしめて、笑った。

「ありがとう、碧。私――ちゃんと言ってくる」

碧は目を見開いた後、にやりと笑い、「それでこそ綾香よ！」と背中をばしんと叩いた。

「行ってらっしゃいよ。きっと社長代理――綾香を待っていると思う」

「ええ、行ってくるわ」

綾香は頷き、じゃあねと手を振って、廊下を早足で歩き始めた。綾香の後ろ姿に向かって、「頑張んなさいよ！」と親指を立てる碧の声を聞きながら。

＊　＊　＊

「専務の藤堂司ですか？　――少々お待ち下さいませ」

藤堂カンパニーの受付嬢が取り次ぎをする間、綾香は本社ビルの一階ロビーで待っていた。大きな回転扉が設置された広いガラス張りのそこには、吹き抜け窓から明るい光が差し込んでいる。ソファやテーブルがいくつか並べられたオープンスペースでは、商談をするビジネスマン達の姿が何組かあった。受付の奥にあるエレベーターホールは、低層階用、中層階用、高層階用と三つに分かれている。小野寺商事も自社ビルを持つ大きな会社だが、それとは別格だ。受付にはスタッフが四人もいる。

（突然来てしまったけれど……）

碧と話した後、綾香は海斗に、司に会いに行くことを告げた。海斗は、藤堂カンパニーの本社に電話を入れ、司が会議のため本社にいることを確認してくれた。

（そう言えば海斗さん、全然驚いていなかったわね）

『きっと司も喜ぶ。会いに行ってやってくれ』

微笑みながらそう言った。何だか、こうなることを見透かされていたようで、少しばかり恥ずかしい。

「――お待たせいたしました、水瀬様」

涼やかな声がして、綾香は先程の受付嬢に向き直った。彼女はにっこりと微笑み、カウンターから前に出てきた。

「ご案内いたします。どうぞこちらに」

受付嬢に案内された場所は、高層階エレベーターのさらに奥にある、役員専用のエレベーターだった。木目調のドアが重厚感を醸し出している。案内嬢が最上階のボタンを押して扉を閉めると、エレベーターが音もなく上へと加速した。

やがて到着した最上階の廊下は、飴色をした無垢材の壁が続き、まるで高級ホテルのようだった。壁には等間隔で絵画が掛けられている。

受付嬢はかつかつとヒールの音を響かせながら、廊下の一番奥の扉へ綾香を連れていった。

（えっ？）

綾香は木製の扉に設置されたプレートを見て、息を呑んだ。銀色のプレートには、『会長室』と黒字で書かれてあった。受付嬢がゆっくりとノックをし、扉を開ける。

「水瀬綾香様をお連れいたしました」

どうぞ、と受付嬢に頭を下げられた綾香は、ぴんと背を伸ばしたまま、会長室に足を踏み入れた。

中会議室ほどの広い部屋。木目の壁に囲まれた空間は、古い日本家屋のようなしっとりとした雰囲気だ。中央には黒い革張りのソファセット。左側の壁には大きな液晶モニター。そして、その向こう――入り口から向かって一番奥、存在感のある大きな机の向こうには、こちらを見つめる車椅子の老人の姿があった。

（この方が、藤堂会長）

――藤堂財閥の前当主、藤堂邦一の名を知らぬ者はビジネス界にはいない。当主の座を退いてもなお、業界に絶大な力を持つ人物だ。薄い浅黄色の羽織袴姿で、白髪交じりの髪を七三分けにし、皺だらけの手を机の上で組んでいる。そしてその視線は、年齢を感じさせないほどに鋭かった。

「あなたが水瀬綾香さんか。私は藤堂カンパニー会長、藤堂邦一だ」

綾香は机の前まで足を進め、深々とお辞儀をした。

「……初めまして。水瀬綾香と申します」

綾香を見る目がすっと細くなった。綾香は視線を逸らさず、深い皺の刻まれた顔を冷静に見た。

やがて、満足げに彼が頷く。

「ふむ、さすがは海斗の秘書だけのことはある」

会長はにやりと口元を歪めた。

「会長室にいきなり通されて、動じなかった人間はそういない。あなたは抜きん出た度胸をお持ちのようだな」

「いえ、緊張しております。藤堂会長にお目に掛かるとは、思っておりませんでしたから」

綾香が正直にそう言うと、会長は面白がるような目つきになった。

「……あなたが司を訪ねてきたら、私のもとへ通すように、と社内に通達してあった。このタイミングで来られるとは……なかなか面白い」

まるで、自分がここに来ることを予測していたようだが、このタイミングとはどういうことだろうか。綾香の疑問を感じ取ったのか、会長がゆっくりと話し出す。

「司からも京華からも、あなたの話は聞いていた。一度直接会って話をしてみたいと思っていたところだった」

（京華さんが？）

綾香が体を強張らせると、会長の視線がますます鋭くなった。

「……京華が、ご迷惑を掛けたようだな。あの娘は、昔から従兄である司に執着している。行動に問題があることも把握している――が」

ぎらりと会長の瞳が光る。

「同じ藤堂家直系の人間として育ったという点では、京華は司の隣に立ち得る人間だ。ああ見えて専務としての手腕も確かだし、藤堂財閥の当主の妻の座に怯えることもない」

「……」

会長の本心は読めないままだった。

「あなたはご存じかな？　司が以前、結婚を考えていた相手のことを」

「はい。詳しいことまでは存じ上げませんが」

綾香も表情を変えずに答えた。会長はそうか、と小さく呟く。

「確かに、彼女に対しては、京華が申し訳ないことをしたと思っている。だが、本質はそこではない。彼女が藤堂財閥当主の妻という重圧に耐えられなかった、というところが問題なのだ」

会長の言葉にも鋭(するど)さが増した。綾香は何も言わずに続きを待つ。

「当主の妻ともなれば、生半可(なまはんか)な覚悟ではやっていけない。一族を纏(まと)め上げるだけでも一苦労、ましてやそれ以外への対処ともなれば苦労の連続になる」

そこで言葉を切った会長は、どこか遠くを見るような目つきになった。

「京華のことがなくとも、あの女性と司の結婚話は立ち消えていただろう。心優しい方だったが、無理を押して結婚しても心を病むような結果に終わっていただろうからな」

「……」

「だが、そのことで司がひどく傷付いたことは事実だ。彼女を守れなかった自分を長い間責め続けていたらしい。女性と真面目に付き合うこともなくなってしまった」

(司さん……)

京華が来た夜、ひどくうなされていたのは、もしかしてその人を守れなかった自分を責めていたのだろうか。綾香の胸がずきずきと痛んだ。

「その司が婚約した、などと海斗から聞かされたのでな。司を呼んで事情を聞いたところ、あなたの名前が出たというわけだ」

「それは――」

頬が強張(こわば)る。婚約したというのは、大谷から身を守るための方便だ。しかもその大谷は、事もあろうに会長を脅したという話も聞いている。少なくともそれについては、謝罪すべきではないだろうか……

会長は綾香の表情を見て、「謝る必要はない、別にあなたのせいではないからな」と事もなげに言った。

目を見張った綾香に、会長はくっくとしわがれた笑い声を漏らした。

「司は随分と強引だったようだな。あれにしては珍しい。よほどあなたのことを気に掛けていると見える」

「……恐れ入ります」

どう言えばいいのかよく分からないまま綾香が頭を下げると、会長の笑みがますます深くなった。

「ところで、綾香さん……とお呼びしてもよいかな」

「はい」

綾香を見る視線が、重く鋭くく変化した。会長の口元には笑みが残っていたが、その瞳は全てを見抜くように綾香を見据えている。

「私は、司の結婚相手を京華と決めたわけではない。ただし、京華の父である明人や京華本人が、司との結婚を望んできたことは事実だ。たとえそれが、明人が藤堂財閥当主になれなかった代わりに、娘を当主夫人にしたいと望んでいるからだとしても、京華ならその役目を果たすだけの実力を持ち合わせている。一族の者達も、相手が京華なら文句を言うこともないだろう」

「……」

それはそうだろう。藤堂会長の孫同士の結婚に、反対する者がいるとも思えない。綾香は何も言わず、会長の視線を冷静に受け止めていた。

「これを見てもらおうか」

会長が机の上のリモコンを取り操作をすると、壁に掛けられていたモニターに映像が映し出された。

綾香は目を見張った。コの字形に並べられた机に座るスーツ姿の人々。二十人は出席しているように見える。資料を片手に活発に議論が行われているらしい。そして、正面スクリーンの前に立っているのは——司だった。

「大会議室で我が社にとって重要な会議が行われている最中だ。参加しているのは、皆役員クラスの者だな。ほら、ちょうど司が発言するところだ」

(司さん……)

綾香は目を凝らすように画面を見つめた。二週間ぶりに見る彼は、少し頬がこけていて、逆に精悍さが増したように思えた。司がスクリーンを指し示しながら、淀みなく説明をしていく。途中で何度も質問や確認が入るが、司は詰まることもなく、すらすらと答えていた。圧倒的なカリスマ感。自分より年長の役員に対しても、臆することなど全くなかった。

「司が背負う世界の一部だ。あれは血筋だけでなく、自らの努力と才能でもって今の地位にいる。そして現当主である誠司の後は、司が当主になることも決まっておる」

「……」

ずしりとした重みが——藤堂財閥を背負う重みが、ひしひしと伝わってくる。綾香はぐっと右手を握りしめた。

ふっとモニターが黒くなった。リモコンを机に置いた会長が、改めて綾香を見つめる。

「私は司には幸せになってもらいたいと思っている。だが、司の重責を受け入れられない女性が相手では、結局司が傷付くことになるだろう」

——加奈子さんの時のように。そう聞こえた。

「あなたはどうなのかな？　綾香さん。司の重責に耐えかねて逃げ出さない、その覚悟はおありかな」

会長の視線は動かない。綾香も身じろぎ一つしなかった。

「私は」

一旦言葉を切った綾香は、ぐっとお腹に力を込めてから言った。

「司さんとお約束しました——一ヶ月後に心の整理を付けると。ですから……」

綾香は真っ直ぐに会長の瞳を射抜いた。

「今日はその約束を果たしに参りました。司さんが京華さんを選んだとしても、関係ありません。私は——自分の気持ちを司さんに伝えるだけです。もし、司さんのお気持ちが少しでも私に向いているのなら、私から逃げることはありません。何があっても」

「藤堂家一族が反対してもか？」

「はい」

「京華がいたとしても?」

「はい」

綾香のきっぱりと短く答えた。しばらく無言だった会長の口から、くっくっ……と笑う声が漏れた。

「……なるほどな。司があなたに惹かれた理由が分かる。こんな風に藤堂家一族や京華に喧嘩を売る相手もそうそうおらんからな」

会長が机の上の受話器を手に取り、呼び出しボタンを押した。

「ああ、私だ。こちらに来るよう伝えてくれ」

電話を終えた会長は、どこか面白がるような目つきをしていた。誰を呼び出したのだろうか?本当に食えない人だ、と綾香は油断せずに様子を見ていた。

「ところで、あなたは我が社に転職されるおつもりはないのかな?」

「は?」

綾香が目を丸くすると、会長の笑みがますます深くなった。

「海斗の秘書として優秀なのは存じておる。あなたならば、ここでも実力を発揮できるだろう——先程お話しさせていただいて、そう確信した」

綾香は言葉を選びながら、ゆっくりと告げる。

「……私の一存では決めかねます。社長と相談の上、回答させていただきます」

すっと頭を下げた綾香に、「これは参った」と、からからと高笑いが聞こえてきた。

「まあ、その件は考えておいてほしい。……そろそろ来る頃だな」

再び含みのある笑顔を向けられた綾香の背筋がひやりとする。だが、見かけはあくまでも冷静さを貫(つらぬ)いていた。

突然、ドアの開く大きな音が部屋に響いた。

「綾香！」

焦ったような声に綾香は目を丸くした。つかつかと大股歩きでこちらに近付いてきた司は、何も言わずに綾香の腰に左手を回し、ぐっと自分の体に引き寄せた。

「司さん!?」

さっき会議に出ていたはずなのに。息も荒くネクタイが歪(ゆが)んでいるところを見ると、大急ぎで会長室に来たのだろう。司は右手でネクタイの結び目を引っ張った後、会長を鋭(するど)い目で睨(にら)み付けた。

「……どういうことですか。俺に黙って綾香を会長室に呼び付けるなんて」

会長は笑みを浮かべたまま、しれっと司に言った。

「なに、お前の相手を確認したかったまでのことだ。祖父としての愛情だと思えば良いだろう」

司の眉間(みけん)の縦皺(たてじわ)が、深くなった。

「なに柄(がら)にもないことを言ってるんですか、あなたは」

二週間ぶりに感じる司の体温が熱くて、こちらの頬まで熱くなってくる。会長の視線が居たたまれない。きっと面白がっているに違いない。

「あ、あの、司さん？　会議中だったのでは」

じろりと見下ろされて、綾香は思わず口を閉じた。代わりに会長の朗々とした声が響く。

「先程の映像は録画でな。実際は会議は午前中に終わっておる。司はその後の処理もあって、今まで缶詰め状態にされていたはずだが……」

「司!?　突然飛び出して一体……っ！」

「京華さん!?」

開けっ放しのドアから入って来たのは、黒いスーツ姿の京華だった。司の隣にいる綾香を見た彼女は一瞬息を呑んだが、すぐに表情を引き締め、真っ直ぐに会長の前へ歩いていく。

「お祖父様、どうしてこの人がここに!?」

非難する声にも会長は動じない。皺だらけの指を組んで京華を見上げた。

「私もお前達のいないところで綾香さんと話してみたかったのでな。さすがは海斗の秘書で、司が選んだ女性だけのことはある」

満足げに頷く会長に、京華の目が吊り上がった。キッと睨む彼女の視線を、綾香は真っ直ぐ受け止める。司は京華を一睨みした後、会長に向かって口を開いた。

「会長……いや、じいさん。俺は約束を果たした。だから、俺との約束も果たしてもらう」

(約束？　会長と？)

「あの」

綾香が問いかける前に、司が京華に視線を投げた。京華の顔が少し強張る。

「京華。明人伯父が、自分のなれなかった藤堂財閥当主の座に固執していることは知っている。お前を当主夫人にしたがっていることも。だが、俺と結婚なんてしなくても、お前には実力がある。だから当主の座が欲しければ、いつでも挑んでくるがいい。お前の方が適任だと思えば、俺はいつでも次期当主の座を譲る——だが」

綾香を抱き寄せる手に力が入った。

「俺がお前を伴侶として選ぶことはない。お前には従妹としての情しかないからな。それは理解しておけ」

「司……」

一歩足を踏み出した京華を、司は視線でその場に縫い止めた。

「お前も俺を本気で愛しているわけでもないだろう。ただ藤堂財閥の当主に一番近い男、というだけで俺を選んだに過ぎない。お前はお前を愛してくれる相手を探せ。俺は従兄としてお前に幸せになってほしい」

だが、と続けた司の声は厳しく冷たかった。

「これ以上綾香を傷付けようとするのなら——従兄の情も捨てる。俺はお前よりも綾香の方が大切なんだ」

京華の目が大きく見開かれた。赤い唇がわなわなと震えている。

「司、さん」

綾香の声が涙で詰まる。会長もいるのに、京華を目の前で切り捨てた。

蒼白になった京華に、会長が声をかけた。

「京華、お前も分かっているだろう。司はもう妻となる相手を選んでしまっていることを――だから、お前も……」

「……っ！」

京華は一瞬顔を歪め、綾香を睨み付ける。綾香は大きく息を吐いて京華を見返した。

「――京華さん。私は逃げません。ですから、あなたが勝負を望むなら、受けて立ちます」

京華の目がすっと細くなった。

しばらくの間、京華は何も言わずに綾香を睨み付けていた。綾香も何も言わずに視線を受け止める。

「……そう」

呟くようにそう言うと、京華は会長にすっと頭を下げた。

「失礼します、お祖父様」

京華はヒールの音を立てながら、司と綾香の前を通り過ぎた。ふわりと漂う薔薇の香り。綾香達二人には一瞥もくれなかった。そしてそのまま扉を開け、振り向かずに会長室の外へ出る。綾香は扉が閉まるその瞬間まで、ぴんと背筋の張った京華の背中を見ていた。

ふう、と会長が溜息をついた。

「京華にも、心の整理をする時間がしばらく必要だろう。……ところで司。約束の件は了承した。お前がここまでやるとは、正直半信半疑だったが。綾香さんのおかげだな」

「え？」

首を傾げた綾香を見て、会長が大笑いした。こんな風に笑う彼は、藤堂財閥の会長というより、司の祖父といった感じだった。司が仏頂面で言う。

「行くぞ、綾香。では、失礼いたします」

深々と頭を下げた司は、綾香の手を取り引きずるようにして大股で歩き出した。

「し、失礼いたします」

綾香も慌てて挨拶し、司に連れられて会長室を後にした。

司は綾香の手を握ったまま、会長室フロアのエレベーターから地下駐車場に直行した。

「あ、あの」

(怒っている……？)

綾香は運転席でむっと口を結んだままの司を見た。

半ば強制的に司の車に乗せられた綾香は、どうしたらいいのか見当もつかなかった。膝の上の両拳を思わず握りしめる。

司ははあ、と溜息をつき、綾香の方を見た。その瞳が熱くて、心臓がどくんと跳ねる。

「お前はいつも、俺の予想を上回ってくれるな」

「は？」

「――お前は何故ここに来た」

司の視線の鋭さに綾香は息を詰めたが、やがてゆっくりと息を吐いた。

（そう、ちゃんと気持ちを伝えに来たんだ――司さんに）

どくどくと音を立てる心臓。綾香は司の瞳を真っ直ぐに見て、ゆっくりと口を開く。

「司さん――私、あなたが好きです」

司の表情が能面のように固まった。綾香はそのまま言葉を続ける。

「私は海斗さんのことが、好きでした。だから――だからあの夜、一人になりたくなくてあなたの誘いに乗ったんです」

「……」

動かない司の表情の中で、瞳だけがぎらぎらと光っていた。

「でも、海斗さんに気持ちを打ち明けようとは――綾菜と戦おうとは、思わなかったんです」

そう、戦う前に諦めてしまっていた。仕方がないと。妹の幸せの方が大切だからと。

「苦しくなかったと言えば嘘になります。だけど、あなたと再び会って、怒ったり怒鳴ったり、どきどきしたりしていると、苦しさを忘れられたんです。あなたは海斗さんとはまるで違った」

海斗には感じなかった感情を、司には感じていた。仮面を被れなくなって、ありのままの自分でぶつかるしかなかった。

「……京華さんから、もう一緒に住む必要はなくなったって言われて、とてもショックでした。最初はすぐに出て行くつもりだったのに、あなたが藤堂カンパニーに戻ることも分かっていたのに、いつの間にか……」

いつの間にか、傍にある温もりが当たり前になっていて。

「司さんと京華さんがブライダルショップにいたって、碧から聞いたんです。その時にやっと分かりました。自分の気持ちを伝えずに、あなたを諦めることなんてできないって」

司の瞳に浮かぶ熱に溺(おぼ)れそうになりながら、綾香ははっきりと言った。

「誰よりも、あなたが好きです。たとえ、京華さんが相手でも……諦められないくらいに」

「綾香」

熱い吐息とともに名前が呼ばれた。大きな手が綾香を抱き寄せる。助手席に身を乗り出した司が、綾香をぐっと抱きしめた。

温かい。久しぶりの司の体温はとても温かくて、そのまま体ごと溶けてしまいそうな気がした。

司が綾香の首元に顔を埋(うず)める。

「……海斗ではなく俺だと分かって言っているんだよな？」

「はい……んんんっ」

塞(ふさ)がれた唇が熱い。飢(う)えた司の唇が食(は)むように動く。激しく擦(こす)られた唇がじわりと熱を帯びてきた。わずかに開いた隙間から差し込まれた肉厚の舌が、歯茎をなぞっていく。そのねっとりとした感触に、足から力が抜けた。

「んあ……ふ……う……」

絡み合う舌がぴちゃぴちゃと音を立てる。司の匂いで鼻孔がいっぱいになり、頭がくらくらとして何も考えられなくなる。

やがて唇を解放した司は、ぐったりと座席に沈み込んだ綾香の白い首筋に熱い唇を当てた。少しだけ肌を吸われ、綾香がぴくりと動くと、掠れた笑い声が司の口から漏れる。

「今日、迎えに行くつもりだった」

低く掠れた声で司が呟く。

「今日の会議で俺の提案を一族に認めさせたら、綾香のことを認めてやる、だがそれができないなら諦めろ——そう、じいさんに言われていた」

「えっ」

綾香は思わず息を呑む。藤堂財閥の命運をかけた巨大プロジェクト。次期当主としての初めての大舞台。先程の映像からも、司が役員の中で年齢的に若いことはすぐに分かる。以前海斗が言っていたように、藤堂会長が実力主義なら、『会長の孫』というだけで優遇されたりはしないだろう。百戦錬磨の経験を持つ、年上の役員達に自分の意見を通し、様々な思惑を持っているであろう彼らを説得する——それがどれほど難しいことなのか、綾香にはすぐに分かった。司がマンションに戻らず、会社に泊まり込んで仕事に打ち込んでいたのは、まさか。

「じいさんが何を言おうとお前を諦める気はなかったが、うるさい一族を黙らせるには、じいさんに認めさせるのが一番早い。結果は俺の提案が満場一致で通った。じいさんもお前のことを認めてくれた。これで一族の奴らも文句は言うまい」

「司さん……」

（私……のため、に？　私が悩んでいた間に、寝る間も惜しんで……）

胸の底から熱さが込み上げてくる。喉が詰まって何も言えなくなった綾香は、少しやつれた彼の顎にそっと手を伸ばした。

ふっと司が口の端を上げる。司は綾香の手を取り、手首に唇を当てた。

「事後処理をしていたら、いきなりじいさんに呼ばれて。慌てて駆け付けたらお前がいた。お前から会いに来てくれたと知って——とても嬉しかった」

「司さん」

綾香、と甘い声で囁かれた。

「……もう一度、最初からやり直させてくれないか」

「え？」

綾香が目を丸くすると、司が悪戯っぽく笑った。

「出会った時から。今度こそ海斗とは間違えさせない」

司の熱く燃えたぎるような視線に捉えられ、綾香は頬を押さえながら、はいと頷いた。

＊　＊　＊

——大きなガラス窓から見える夜景は、今日も綺麗だった。

ホテルの最上階にあるラウンジバーのカウンター。照明はやや落とされ、ゆったりとしたジャズ音楽が流れる落ち着いた店内には、楽しそうに歓談するカップルが何組かいた。黒を基調としたインテリアに、金色に輝くシャンデリア。黒いカウンターテーブルの奥にはずらりと酒瓶が並び、その前では黒いネクタイを締めたバーテンダーが、手際良くシェーカーを振っていた。

そして、長いカウンターテーブルの端には、ブルーのドレスを着た女性が一人。深い襟ぐりからすっと伸びる綺麗な首筋に沿って、艶(つや)やかな髪が流れるように肩へと落ちている。その姿に、ちらちらと視線を投げかける男性もいたが、当の女性は何も気が付いていなかった。

彼女がグラスの最後の一口を飲み干した時、後ろから声をかける者がいた。

「――もう一杯、いかがですか」

女性――綾香がゆっくり振り向くと、背の高い黒いスーツ姿の男性が、シャンパングラスを二つ持って立っていた。金色の液体に、細かな泡が立っている。

「ええ、ありがとうございます」

すっと綾香の左隣に座った男性――司が、グラスを差し出した。綾香はグラスを受け取り、一口こくりと飲む。

(あの時も、こんな感じだったのかしら)

隣に座る司の瞳の熱が、じわりと体の奥に移って燃え上がりそうになった。綾香はまた口当たりの良いシャンパンを一口含む。司もくいっとシャンパンを呷(あお)り、半分ほど残ったグラスを艶(つや)やかなテーブルの上に置いた。

「……俺の名前は司。名前を聞いてもいいか?」

「……綾香」

「綾香……いい名前だ。色っぽくて、よく似合っている」

司の手が綾香のグラスを取り、先程のグラスに並べて置いた。

「――帰ることは許さない」

（そこは前とは違うのね）

綾香は上気した頬のまま、司に微笑みかけた。

「一人にしないで……」

目を瞑って司にもたれかかると、彼女の肩を大きな手がふわりと抱いた。

「……一人にはしない」

頬に触れる逞しい胸は、とても温かくて――その体温に溶けてしまいそうになった。


司が綾香を連れてきたのは、最上階にあるスイートルームだった。白と金の壁紙に、曲線を描くアールデコ調の白い家具。きらきらとした高層ビル群が見下ろせる大きな窓。煌めくシャンデリア。〝あの夜〟もここに来ていたそうだが、綾香には全く見覚えがなかった。あの時お前は酔っていたからな、と司が笑った。

そのまま照明を落とした広いベッドルームに入るなり、司は綾香の唇を奪った。

「ん、ふう、ん……」

熱い舌がねっとりと自分の舌に絡まる。敏感になった唇の皮膚が吸われる感触に、頭がくらくらした。熱く燃え上がる体からは、とっくに力が抜けていた。唾液が絡まる厭らしい水音だけが、ベッドルームに響いている。

「お前、やはり甘い……な」

低く、掠れた声が鼓膜を刺激した。うっすらと目を開けると、霞んだ視界にぎらぎら光る瞳だけが映った。

あの時と同じように、司は手際よくドレスのファスナーを下ろす。ブライズメイドの涙色のドレスがまた、彼女の足元に小さな池を作った。

「司さん」

綾香は自分から手を伸ばし、司の背中を抱きしめる。すると、司もまた力強く抱きしめてきた。

「綾香……俺の名前を呼んでくれ」

切なげな言葉が吐息と共に綾香の耳に落ちた。レースの下着に包まれた張りのある胸が、長い指に弄ばれる。きゅ、と、先端を摘まれ、綾香は思わず甘い溜息を漏らした。

「あ……ん……つかさ、さん」

——あの時は、海斗を忘れるためにこの人に縋った。でも、今は……

綾香は潤んだ瞳で司を見上げた。

「司さん、あなたが……欲しいの……」

この疼く体を抱きしめてほしい。この人に。

(この人じゃなきゃ——嫌……)

「綾香」

司はまた力強く綾香を抱きしめ、耳元で囁いた。

「俺もお前が欲しい……もう離さない」

そのまま司は綾香を抱き上げ、そっとベッドへと運んでいった。


「あああんっ……」

レースの下着はとっくにベッドの下に落ちていた。指で、唇で、柔らかい肌に触れられるたびに、綾香の体はぴくぴくと反応する。それを見た司は口の端を上げ、執拗に胸の頂を舐めた。赤く染まって硬くなった蕾は、司の唾液でてらてらと濡れて光っていた。

「綾香」

「あっ、やあん」

綾香の口から喘ぎ声が漏れた。ちゅくちゅくと音を立てて司が先端を嬲る。もう片方の蕾は、人差し指と親指で柔らかく捏ねるように潰されていた。もうそれだけで、どうにかなってしまいそうだ。やわやわと滑らかな双丘を揉まれ、綾香は熱い息を吐いた。

「いい声だ。この甘い声を聞くのは、俺だけだ」

「司さ、あ、あああんっ！」

綾香の太腿の間に大きな手が入り込んだ。じわりと体の奥から熱いものが流れ出る感触。とっくに濡れている柔らかな花びらを、人差し指で優しく下から擦るように撫で上げられた。

「あああ、あんっ、やあ」

前とは違う。体の熱さも痺れるような感覚も。あの時よりもっと熱くて、もっと甘くて。痛みにも似た快感に、綾香は首をいやいやと横に振った。白いシーツの上にさらさらと髪が広がる。

司は胸から下の方へ唇を移動させ、へその周りに舌を這わせた。その瞬間、背中からじりじりと焦げるような熱が押し寄せ、綾香の全身を焼こうとする。

「柔らかくて甘い……ずっとこうしたかった」

太腿に置いた手にぐっと力が入る。綾香が抵抗する間もなく、司の頭は女の香りを放つそこへと沈み込んだ。

「あああああっ！」

司の舌が形を確かめるかのように、襞の間を這う。

指とは違う、ねっとりとした柔らかな感触に、綾香のつま先がぴんと張った。舌が動くたびに聞こえる厭らしい水音に、綾香のナカがざわざわと反応する。それが分かっているのか、綻び始めた花びらの隙間から、舌の先端がちろちろと蜜壺の入り口をも刺激した。体の奥から、どぷりと甘く匂い立つ蜜が零れ落ちていくのが、分かる。動きを止め、じっと熱い襞に当てられているだけの舌がじれったくて、綾香は思わず「やあっ、ん」と甘い抗議を漏らした。そんな綾香を弄ぶように、またゆっくりと舌が動き出す。優しく舐め回す舌の動きに、綾香の息が荒くなっていく。

「ここも甘い。お前はどこもかしこも、甘い」

「あっ、はあっ、つか、さ……さあぁん！」

とろりと体の中が蕩ける。彼の舌が立てる水音に、耳の中まで侵されている感じがした。やがてぷくりと顔を出していた花芽に、司が軽く吸い付いた。

「ああっ、あああああんんっ！」

唇で挟まれた後、熱い舌でそこを包まれる。

目の前が真っ白になる。綾香は背中をのけ反らせ、悲鳴に近い声を上げた。司の舌は容赦なく、敏感になった花芽を攻め続けた。

「あ、やあっ！　ふあ、あああ……あああん！」

次々と襲いかかる波に、びくびくと綾香の腰が震えた。震える肉襞（にくひだ）の中に人差し指が差し込まれると、そこは司の指を咥（くわ）え込み、奥へ奥へと誘うようにうねる。違和感に綾香は一瞬息を止めたが、彼の指を包み込むように動く襞（ひだ）は止まらなかった。

「は、あ、あああっ！」

指の腹が、優しく襞（ひだ）を擦（こす）る。びくりと綾香の腰が跳ねた。指が動くにつれ、甘い熱が襞（ひだ）の奥に溜まっていく。ナカを探っていた指の先が、ある場所を軽く引っかいた時、また目の前が真っ白に染まった。

「ああああああんっ！」

軽く達した綾香の太腿（ふともも）は、小刻みに震えていた。甘い悲鳴を上げた唇からは、浅く早い息が漏（も）れた。

「はあっ……あんん！」

人差し指に続いて、中指まで入っていった。ぴりりと走った痛みに綾香は眉をひそめたが、司の舌が再び花芽を捕らえると、その痛みさえ分からなくなった。敏感な花芽は舌に舐められてぷくりと膨れ、一層快楽に敏感になっている。それを軽く甘噛みされた綾香は、全身が痺れるような快感に襲われ、ナカで動く指をぎゅっと締め付けた。

「あっ、ああっ」

花芽への攻撃に気を取られている間に、ナカの指はぬめりのある襞のあちらこちらを擦っていた。そして、先程目も眩むような感覚をもたらした所にたどり着く。

「あっ、いやあっ！」

指二本の刺激は、一本の時よりも強烈だった。甘い痺れに何も考えられず、綾香は大きく腰を浮かせた。襞は悦んで指を受け入れ、もっともっとと強請るように指に纏わり付く。

司はその変化を見逃さなかった。にやりと笑って、くちゅくちゅと指を一層激しく動かし始めた。

「ここか？」

「あああっ、そこ、だめえっ！」

ばちばちと目の前で花火が弾けた。どくんと体の奥が脈打つ。今まで感じたことのない熱と快感。体の奥から零れる熱さに、思わずシーツを強く握りしめていた。指を咥え込んでいるのに、まだ何かを貪欲に求めるように動く襞に怯えて、綾香は腰を浮かせて指から逃げようとした。が、当然司がそんなことを許すはずもなく――

「先にイッておけ。その方が楽になる」

「ああっ……はっ、ああんっ」

（だめ……だめ……こんなの、耐えられない……）

左手で白い胸を掴まれ、舌で花芽を執拗に舐められ、体のナカにある指はばらばらと動いて綾香を追い詰める。高まる熱い波に、何もかも流されそうになる。

「あっ、あああっ……だめえっ！」

「お前の体はダメとは言っていないぞ。俺の指を旨そうにしゃぶっている」

くいっと司が指を曲げた瞬間、膨らみ切っていた熱が体の奥で一気に弾けた。

「あああっ！」

襞がぐっと締まり、痛いぐらいに疼く蜜壺の底へと、司の指を誘い込もうとする。体をのけ反らせた綾香の白い首筋に、汗で濡れた髪が張り付いていた。腰が跳ね、張りのある乳房がふるんと揺れる。綾香を見る司の体も硬く強張った。

びくびくと痙攣する襞から、司の指が抜かれた。はあはあと荒い息を吐く綾香に、司が唇を重ねた。

「んあっ……んんん」

とろんとした目を司に向けると、司はどこか切羽詰まったような表情を浮かべていた。

「綾香、俺の目を見てくれ」

ぼうっとしたまま、言われた通りに司の熱い瞳を見つめる。司の口の端がぐっと引き締まった。

「避妊はしない……いいな？」

どくんと鳴る心臓。司の真剣な眼差しに、一瞬息が止まった。お前のナカに直接入りたい。直接触れたい。直接愛したい。そんな声が聞こえた気がした。

（私も――）

震える体は、こんなにも、彼を待ち望んでいる。この飢えた体を、早く満たして欲しい。蠢く襞で、この人を包み込みたい。その熱さを直に感じたい。この疼きを止められるのは、この人だけ。

綾香は潤んだ瞳で司を見上げた。

「はい……私もあなたを直接感じたい」

一瞬、司の顔が苦しそうに歪んだが、彼はそのまま綾香の両膝を折り曲げ、ぐっと開いた。彼の熱い視線が注がれているのを感じ、綾香の秘所がひくりと疼く。

「司さ、ん……んんあああっ！」

綾香の口から悲鳴が漏れた。指とは違う熱い塊が、鋭い痛みと共に綾香のナカに侵入してくる。それは狭い肉襞の通路をぐっと押し広げながら、奥へ奥へと突き進んできた。

「はっはあっ、いっ、ああっ……！」

指で慣らされていたとはいえ、圧倒的な重量感に綾香の息は乱れた。司も息を荒くし、濡れた逞しい胸からはぽたりと汗が落ちた。

「綾香……」

潤んだ瞳で見上げると、司は目を見開き、ぐっと息を呑んだ。埋まった塊が一層熱くなる。

「あああああっ！」

ぐっと一気に奥まで押し込まれ、綾香は首をのけ反らせた。重なった司の唇を夢中になって吸う。綾香の痛みが収まるまで、司は深い口付けを繰り返した。

「んふっ、あ……ん」

「少し我慢しろ。じきによくなる」

胸の頂を親指と人差し指でぐにぐにと擦られ、痛み以外の感覚が体を走った。やがてその指は下へ下りていき、先程唇で吸われてぷくりと膨らんだままだった赤い花芽を捕らえた。

「あああんっ！」

今度の悲鳴には、甘さが滲んでいた。貫かれたまま指の腹でぐりぐりと敏感な花芽を捏ねられ、鋭い快感が痛みを押しやろうとする。綾香の太腿が小刻みに震えた。

引き裂かれるようだった痛みは、いつしか鈍い痛みに変わっていた。綾香はほうと息を吐き、手を伸ばして司の首筋にしがみついた。司は綾香の両膝をさらに大きく広げ、動き始める。

「あうっ⁉」

襞が擦られる感覚に、綾香は目を見開いた。十二分に潤っていた襞と襞の間を、熱くて硬い塊がゆっくりと行き来する。

「はっ、あっ、ああっ」

自分の意思に反して、襞がその熱さに巻き付こうと蠢く。優しく突かれるたびに、ねちゃねちゃと粘液の音がする。

司の動きは、とても静かで、そして甘かった。痛みはいつの間にか、痺れるような快楽に変わっていた。

「綾香……」

「あ、ああっ、やあああんっ」

綾香はその快楽に身を任せながらも、体の奥から別の何かが湧き上がってくるのを感じていた。

じわじわと自分を侵していく、焦りに似た感情。絡み合う舌も、胸を揉みしだき先端を摘まむ指も、綾香を貫いている司自身も、とても優しいのに、どうして。どうしてこんなに——

(ほし……い……)

体の奥が、疼いて熱くて堪らない。止まらない。

熱に浮かされた綾香は、掠れた声で司にねだった。

「ああんっ、やあっ……もっ、と……」

(ホシイ。モットモット、チョウダイ。モット、アツイノヲ——モット、オクニ)

心の中で、もう一人の自分が叫んでいる。

その声が聞こえたのか、司は一瞬全ての動きを止めた。

だがすぐに手を伸ばして枕を取り、しなる綾香の腰の下に敷いた。

「綾香。俺も……もっと欲しい」

はあと息を吐いた司が、ずん、と強く綾香を突いてくる。体の奥に熱い欲望をぶつけられた綾香の腰が、また跳ねた。

「ああっ！　ひ、あああああんっ！」

無意識のうちに司の腰に脚を巻き付ける。

司はそれに応えるように、何度も何度も綾香を突き上げた。さっきまでとは違う、激しくて熱い動き。最奥を突かれるたびに、綾香の口から甘い悲鳴が上がる。望んでいた刺激に、襞がうねうねと司に纏わりついた。ぐちゅぐちゅと淫らな水音が耳を刺激する。

(もっと……もっと……もっと……)

「くっ……」

司の表情もひどく苦しげだったが、それでも彼は動きを止めず、綾香のすべてをむさぼろうとする。

司の手が、震える乳房を掴む。硬く尖った先端をきゅっと弄られ、思わず呻き声を上げたけれど、司の熱い唇に覆われた。舌を絡ませ、ちゅくちゅくと音を立てて強く吸う。綾香は彼の逞しい背中に手を回し、熱い皮膚に爪を立てた。吸っても吸っても、まだ足りない。もっともっと、この人が欲しい。そんな綾香の声を聞いたのか、司が一層奥へと進んだ。

「あうっ!?」

張り詰めた司の先端が、こつんと最奥に当たった。痛みの混じった熱さが綾香を貫く。司が大きく腰を動かすたびに、ぬちゃりと粘着質な音がした。最奥を激しく突かれて、襞がますます速く収縮を繰り返す。そのたびに、甘い痺れが綾香の指先まで伝わってきた。

(あっ……あつ、い……)

直に感じる司自身が熱くて堪らない。受け入れるのは初めてなのに、前から馴染んでいたかのように、蜜壺が司の形に合わせて変化する。汗にまみれた司の肌の匂いにくらくらした。

彼の動きがますます激しくなる。張りのある肉と肉とがぶつかり合う。吐息が重なり、どちらがどちらの体なのか、分からなくなる。一つに溶け合って、弾けて、また溶け合う体温。

「あ、ああんっ、ああ、ああああああっ！」

熱い。熱い。溶けそうなぐらいに熱い。熱くて大きな波が、綾香の体を頂点へと押し上げようとする。

「綾香……綾香」

掠れた司の声さえも、今の綾香にとっては媚薬のようだ。声だけで、ナカが司の欲望を締め付け、淫らな蜜をたらす。体全体が、がくがくと小刻みに震え出した。動き続ける司を捕まえようと、襞がぎゅっと司に纏わり付くのを感じる。

「あっ、司さ、あああああんっ、はああ」

いや、やめて。続けて、もっと。奥が熱いの。疼くの。

意味のない言葉ばかりが、綾香の心に浮かんでは消えた。

「あんっ、そこはだめえっ！」

司の先端がある部分を突くと、綾香は激しく首を横に振った。司は綾香の腰を掴み、更にそこを責め続ける。はっはっと綾香の息が淫らに乱れ、まろやかな胸が、ふるふると激しく形を変える。

「あっ、ああんっ、やあんっ」

どうしようもない疼きが、司の硬い熱に溶かされていく。

（ああ……熱い……だめ……もう……耐えられな……！）

お腹の中に溜まった熱が、一気に綾香の体を襲った。

「あっ、はあっ……あああああああっ！」

その瞬間、真っ白な火花が散った。大きく体を震わせた綾香の足にぐっと力が入り、つま先までぴんと張る。きゅうきゅうと締め付けられて、司もぶるりと身を震わせた。綾香のナカを蹂躙していた肉の塊が一層大きくなる。

「あや、か……っ！」

ぴくぴくと震える肉襞の奥に、熱い飛沫が注ぎ込まれた。それだけを感じた綾香は、崩れるように気を失ってしまった。


「……綾香」

「ん……？」

ゆっくりと目を開けると、すぐ近くに司の漆黒の瞳があった。そしてぼうっとしている綾香に、軽くキスをしてくる。

「大丈夫か？」

優しい声に、綾香は目を瞬かせた。今の状況がよく分からず、綾香はしばし目の前の彼を見つめる。裸の彼の胸には、筋肉が程良く付いていた。肌の色は、綾香よりも濃い。しっとりと汗で濡れていて、艶やかで色っぽかった。

「……え……」

徐々に思考が戻ってくる。と同時に、腰のあたりが重くてだるいと感じた。

「～～～～!!」

先程の記憶がよみがえり、一気に頬が熱くなる。

綾香は声も出せずに口をぱくぱくさせた。自分が乱れに乱れたことも、司にねだったことも、全部思い出していた。

(わ、私っ……！)

思わず近くにあった上掛けに潜(もぐ)り込もうとしたが、司の手に阻止された。そのままそっと抱きしめられる。

「あ、あのっ」

司の瞳が意地悪く光る。大きな手が優しく頬を撫(な)でてきた。それだけで体が動かなくなる。

「可愛かったな、お前」

「……!!」

にやりと微笑む司に、綾香は何も言えなかった。自分から司に縋(すが)り付いた感触がまだ手に残っていた。

おたおたする綾香を楽しそうに見ていた司が、すっと上半身を起こす。腰までずり落ちた上掛けから、綾香は必死に目を逸(そ)らし、丸くなって壁の方を向く。

「綾香」

司が綾香の左手を取った。そして、左薬指にすっと何かをはめる。

「えっ」

綾香は息を呑んだ。それは——プラチナの指輪。

濃い藍色のサファイアの周りに、小さなメレダイヤを小花のようにあしらった、優雅だが派手すぎない指輪。蔦が絡まるような独特の曲線には見覚えがあった。

「これ……」

「ああ。お前のイメージを伝えて、デザイナーに大急ぎで作ってもらった。あの店のデザインが好きなんだろう?」

「え、ええ」

サイズもぴったりだ。不思議そうな綾香に、司が含み笑いをした。

「あの店で早見の指輪を注文したと言っていただろうが。早見と同じサイズだとも言っていたから、それに合わせてもらった」

「もしか……して」

綾香ははっと司を見上げた。

(白井くんと碧が、あの店から司さんが出てきたのを見たって言っていたのは、この指輪を作りに行ってたから……?)

「司さん」

いつの間にか涙がほろりと零れていた。濡れる頬を司が指で拭いてくれる。

「綾香」

そのまま薬指にキスをしながら囁いた。

「俺はあの夜、お前に一目惚れしたんだ」

「つかさ、さ」

目を見張る綾香を、司は愛おしげに見つめた。

「パーティーに出席した女達に囲まれてうんざりしていた俺は、海斗に挨拶して、もう退席しようとしていた。その時、お前を見つけたんだ。水色のドレスを着たお前はとても綺麗で――とても儚げだった。どこか遠くを見ていて、俺の方を向いてほしい……そう思った。一目であんなにも惹かれたのは、生まれて初めてだった」

司の掠れた声に、綾香は何も言えなくなった。

「今見失ったら、二度と会えないかもしれない。だから声をかけた。俺はかなり焦っていたんだろうな。お前が酔っていたことにも気が付かなかった。お前が『一人にしないで』と言った時、もう手放す気はなかったんだ」

「……」

「二人きりになってやっとお前に触れられる、そう思った時――お前が海斗の名を呼んだ」

司の瞳に苦しげな影が宿った。

「お前にとって、俺は海斗の身代わりだったと知って、心底腹が立った。お前を置いて帰った後も、胸にナイフを突き刺されたような痛みはなくならなかった。俺は――お前を忘れられなかった」

「司さん……」

(私も忘れられなかった。あなたのこと。海斗さんじゃなく、あなたのことが)

「藤堂家側の招待客じゃないことはすぐに分かった。あの時、新婦の友人にも声を掛けられたが、皆随分と年下だった。なら、小野寺商事の関係者である可能性が高い。海斗に聞けばすぐに分かっただろうが、新婚旅行に行くことになっていたし、そもそもあいつには聞きたくもなかった。だからじいさんに頼み込んで、海斗の代理を引き受けたんだ。お前の情報が手に入るかもしれない、そう思って」

——そうして小野寺商事に来たら、そこにお前がいたというわけだ、と司は苦笑する。

「お前が海斗の花嫁の姉で、あいつの秘書だと知った時、俺はあいつを殴ってやりたいほど嫉妬した。俺が海斗を批判したら、お前は猛烈な勢いであいつを庇(かば)っただろう？　……俺にはまず睨(にら)み付けてきたけどな」

司が軽くキスを落とした。話を聞いている間も、時々触れる司の熱い肌が気になって仕方がない。

「だが、これはチャンスだと思った。海斗は新婚旅行中だ。お前の目を俺に向けさせるチャンスだと」

「そんなこと……思っていたんですか？　だって、いつだって不機嫌で」

「お前が俺にはつんと澄ました顔しか見せなかったからだろうが。他の男には笑いかけるのに」

「他の男？」

綾香が首を傾(かし)げると、司は重い溜息をついた。

「全く意識していなかったのか？　田代専務や他の来客達や……お前に話しかけてくる白井とか、社内の奴ら。しかめっ面(つら)のお前があいつらの前で笑うのが、俺には我慢ならなかった」

司がそんなことを思っていたなんて。綾香はぽかんと口を開けた。

「それは、単に仕事上のことで。それに白井くんは同期だし」

「それでもだ。我慢して何とか平静を保ってお前に近付こうとしていた矢先に——お前が襲われた」

司の視線が厳しくなった。

「あの男がお前を傷付けていたなら容赦はしなかったが、あれをきっかけにお前との距離を縮めることができたからな。ある意味、感謝している。嘘の婚約をして同居するなんてかなり強引だったことは自覚していたが、お前に手の届くところにいてほしかった。すぐに海斗に連絡したのも妹を安心させるため、とは言っていたが、本当は海斗にお前と婚約したと知らせたかったんだ」

ああ、自分はこの人のことを何も分かっていなかった。あの時も、こんなに自分を思ってくれていたなんて、知らなかった。

「そんな時に京華が帰国して——悪夢がよみがえった。またあいつに壊されるんじゃないかと。だから」

司が左の耳にキスをしながら呟いた。

「京華が小野寺商事に来た時、お前が逃げなかったと知って、震えるほど嬉しかった。京華に脅(おど)されて、逃げずに立ち向かった女は今までいなかった。もうお前しかいないと、そう思った」

「司さん、京華さんは……」

やや司の表情が翳(かげ)った。

「京華は従妹で、俺と同じ立場――藤堂の後継者候補という意味では、互いに相手の立場を分かり合える相手でもある。だが、あいつも俺を本当の意味で愛しているわけじゃない。俺が一番都合のいい相手、というだけだ。当主の座への執着を捨てきれない叔父に、小さい頃から俺が許嫁だと言い聞かされていた、ってせいでもあるだろうけどな……」

司がまた溜息をついた。

「お前の気持ちが分からない状態で海斗は戻ってくるわ、京華は邪魔してくるわ、じいさんからは面倒な条件は出されるわで、ここ二週間はロクに寝る暇もなかった。お前と離れるのは不安だったが、それもじいさんの出した条件だったからな」

「会長が？」

「ああ。お前にも心の整理をする時間が必要だろう、とか言ってたな、あのジジイは。そのおかげで、プロジェクトの資料まとめもはかどって、最終的には認められたわけだが」

なんだかんだ言っても、会長も司がまた傷付かないか心配だったのだろう。司から逃げない――そう宣言したからこそ、綾香を認めてくれたようだったから。

「綾香」

司が綾香にのし掛かってきた。綾香は息を呑み、真上にある司の顔を見上げた。

「お前が何と言おうと、もう俺はお前を手放せない。愛しているんだ。俺と結婚してくれ。お前に苦労を掛けることもあると思う。だが、俺の全力でお前を守るから」

「司さん……」

綾香は指輪に視線を落とした。婚約指輪だが——立て爪ダイヤの指輪ではない。ああいったものはどこかに引っ掛ける可能性があるので、仕事中につけるのには向いていない。秘書である綾香の邪魔にならないようにと選んでくれたのだろう。

(私のこと……ずっと見てくれていたんだ……)

綾香は司に視線を戻した。綾香の返事を待つ不安げな顔に、思わず右手を伸ばす。

「……司さん」

「何だ」

「最初に会った時——私は一人になりたくなくて、司さんに今夜だけ夢を見させてほしいって、そう思っていたんです」

「……」

「でも、今は違います——司さん」

綾香は真っ直ぐに司を見つめた。

「これから先、ずっとずっと——夢を見させて下さい。あなたに愛されている夢を。私もあなたのこと、きっと、守りますから。あなたがもう二度と傷付いたりしないように、何があっても傍にいますから」

「綾香」

司が綾香を強く抱きしめた。裸の胸から直接伝わってくる鼓動は速かった。

「今夜だけじゃない——これからの夜、全部だ。全てのお前の夢を俺色に染めてやる」

「は、い……」

じわりと涙が滲む。伝わる体温が温かくて、綾香は思わず彼の首に縋りついた。

「司さ……んんん!?」

司が綾香の唇を奪った。甘く濃厚な口付けをしている間に、彼の雄の部分が熱く、硬くなるのを感じて、綾香の背中がぞくぞくと震えた。

「——もう一度、いいか?」

その声にまた体の奥が疼く。綾香は彼の輝く瞳を見上げる。ずっとずっと前から、この瞳に囚われていたのに——分かっていなかった。恥ずかしくて、司の胸に顔を埋めながら小さな声で答える。

「……はい」

司は嬉しそうに笑った後、互いに待ち望んでいるものを得るべく白い肌に手を伸ばした。


「あっ、ああんっ」

甘い声が途切れることなく薄暗い部屋に響く。

「綾香」

司の舌が、綾香の背骨に沿って動く。綾香は顔をシーツに埋め、腰を高く上げたまま、後ろから攻められていた。目を閉じている分、肌の感覚が研ぎ澄まされる。後ろから回された手が、ふるんと揺れる白い乳房を掴んで揉んだ。ぴん、と先端を弾かれるたびに、綾香の体が大きくしなる。

「もうこんなに濡らして……俺が欲しいのか?」

後ろからぬらりと敏感な花びらを撫（な）でられ、綾香はびくりと体を震わせた。太腿（ふともも）を伝って流れる熱い蜜。それを司の舌が舐め取っていく。

「ふ、ああん」

悪戯（いたずら）な舌が、太腿（ふともも）から蜜の跡を辿って丸い丘の間へと移る。綾香の腰がびくりと揺れた。

「ああああああっ」

襞（ひだ）を撫（な）でるような舌の動きに、綾香はぐっとシーツを握りしめた。吐く息で、シーツが湿る。

司は身を起こし、硬くそそり立った自身を綾香のほぐれた花びらにあてた。

「軽くイッておけ」

熱い塊（かたまり）が、敏感な花芽や花びらを擦（こす）るように動く。蜜壺から流れる潤滑油（じゅんかつゆ）のおかげで、司の動きを阻（はば）むものは何もなかった。

「あん、あああ……っ！」

高みに達した綾香に、司は容赦なく刺激を与える。綾香はまた声を上げた。

「やあっ、もう……イッ、たからっ……」

「何度でもイッていいぞ。時間はたっぷりとある」

「あうっ、はあああ、あああああっ」

ぐりぐりと指で花芽を押された綾香は、再びあっけなく上（のぼ）りつめた。ぐったりと力の抜けた綾香の腰を司が掴み、体をひっくり返す。ぷるんと揺れた胸が、貪欲（どんよく）な手に捕まえられる。赤く染まった蕾（つぼみ）は、もはやわずかな刺激にも耐えられなかった。

「あ、ああっ！　もう、だめっ……ああん！」

　どこを触られても、どこを舐められても、甘い痺れが綾香を襲う。絶頂を迎えたばかりの体は、恐ろしく敏感になっていた。

「もっと聞かせてくれ、お前の甘い声を」

　胸の蕾を攻撃する手が、唇にとって代わる。司の指は、綾香の火照った肌をなぞるように胸からわき腹、そして甘い蜜をたたえた柔らかな花びらへと移っていく。

「はあん、あああ、ああああんっ」

　花びらを揉まれ、ちゅくちゅくと胸の蕾を甘く嬲られ、綾香はぶるりと震える。すると、司は嬉しそうに頬を緩めた。

「愛してる、綾香」

　蜜壺の中につぷんと指が沈められた。さっき感じた痛みはもうなかった。濡れた襞は、硬い指をもっと奥に引き込もうと悦んで蠢く。

「は、あああっ、あああーっ！」

　くいと司が指を曲げた瞬間、綾香は一際甘い声を出した。襞が勝手にきゅうきゅうと指を締め付ける。

「まだまだ。もっと見たい。お前が悶える姿を」

「あ、あああん、や、はあん、あああああっ！」

　ナカでばらばらと動く指が、一番敏感な肉襞を何度も刺激する。そのたびに綾香はのけ反り、首を左右に振った。やめてと懇願しても、司は意地悪く微笑むだけだった。

「あああああっ、あ……いっ、あああああっ！」

何度目かの絶頂を迎えた綾香は、ぐったりとシーツに沈み込んだ。司は指を引き抜き、たっぷりと濡れた指を舐めた。

綾香ははあはあと熱い息を吐きながら、司をじろりと見上げる。

「……い」

「なんだ？」

「司さん……ずるい」

綾香はキッと司を睨み付けて、手を伸ばした。

「綾香っ!?」

うっ、と司の口から呻き声が漏れた。綾香の手が、大きく膨張した司自身をぎゅっと握っていたのだ。

「司さんばかり、ずるい。私だって」

綾香の手の動きに、司は息を呑んだ。

「あや、か」

「私も、司さんに……気持ちよくなって、ほしい、から」

綾香がたどたどしい手付きで熱い棒を上下に擦ると、司は息を吐き、体の力を抜いた。

司がベッドに仰向けに横たわると、綾香は少し濡れた先端に舌を這わせた。

「ううっ」

びくりと司が跳ねた。綾香は硬く浮き上がった筋に沿って、押し当てるように舌を這わせていく。そんな綾香を見る司の目は、淫らに熱く燃え上がっていた。

膨らんだ先端部分の下をぐるりと舐めた後、思い切ってそこを口に入れた。司の濃い雄の匂いに、頭がくらくらする。

「あや、かっ」

苦しそうな呻き声。口をすぼめて吸い上げると、また司の口から声が漏れた。ソフトクリームを舐め取るように、夢中で舌を動かしていた綾香は、突然、獰猛な唸り声と共に体を捕らえられベッドに押し倒された。

「ったく、お前はっ」

「きゃ、あああーっ！」

大きく足を開かされ、また一気に貫かれた綾香は、そのままつま先をぴんと尖らせた。司は、今度こそ容赦なく綾香に襲いかかり、その体をむさぼり始める。

「これ以上、我慢できるかっ」

「はっ、あっ、ああっ」

綾香の体の奥は、もうすでに熱い潤いを取り戻していた。先程とは比べ物にならない程激しい動きにも、綾香は快感しか感じない。初めて知った快楽に溺れた体は、もっともっとと貪欲に司を求めていた。

「ひゃあん、あああああ！」

ある一点を司の先端が擦った時、綾香は一際高い声を出した。

「さっきのいい所は、ここか」

妖しく笑った司が、綾香の弱点を突くように動く。うねる襞からねっとりとした蜜が溢れ出す。

「ああんっ、いやあっ」

思わずいやいやと首を振る綾香に、司が意地悪く呟いた。

「嫌じゃないだろうが……こんなに俺に纏わり付いているくせに」

「あっ、ああああっ！　はうっ、あ、ああんっ！」

腰を動かして攻撃しながらも、司の唇は胸の尖った果実を弄んでいた。もう片方の胸の先端は長い指でこりこりとしごき、そして下の襞から顔を覗かせた花芽にも司の指が差し向けられた。

「や、あああっ……ああああっ！」

さっきから、何度達したか分からない。胸も花芽も、そして体の奥も、どこもかしこも熱くて堪らない。

「綾香……綾香……っ」

司の呻き声ももう耳に入らない。熱くて、熱くて……気持ちよくて。

体を繋げたまま、司は綾香の体をひっくり返した。四つん這いの姿勢にさせられた綾香は、大きく動く司の動きに翻弄された。先程とは違うところに司の先端が当たり、綾香はもう喘ぎ声しか出せなかった。

肌同士がぶつかり合う音に合わせて、綾香の背中が揺れる。司の両手が、綾香の腰をしっかりと押さえていた。

（あっ、もう、くる……っ！）

一層熱くて大きな波が、綾香をさらに高みへと押し上げる。

（もう、だめっ……！）

ぱちん、と白い光の玉が弾け飛んだ。

「あ、ああんっ、あああ！」

びくんと背中をのけ反らせた綾香の襞が、ぎゅうぎゅうと司を締め付けた。それに耐え切れなかった司が全てを綾香の中に注ぎ込んだのは、綾香がイッたすぐ後だった。

「はっ、はっ、あ……」

まだ小刻みに体を震わせている綾香を、後ろから司が抱きしめた。

「まだ、足りない。もっとお前を食べたい……」

「司、さ……ん」

司はそのまま綾香を抱き続け、ようやく二人で眠りについたのは、夜明けをとっくに過ぎた頃だった。夕方、ぐったりとした綾香を抱きかかえたまま、ホテルを出て車に乗り込んだ司は、そのまま自身のマンションへと直行した。

——結局、綾香が司から解放されたのは、二日後のことだ。ぐったりとした状態で出社した綾香は、首筋についた激しい愛の痕をあっさりと碧に見つけられ――これまたぐったりとするまで、碧に追及されてしまったのだった。

＊＊＊

「私、ちょっと様子を」

「お姉ちゃん、待って」

椅子から腰を浮かしかけた綾香は、すぐに綾菜に止められた。

「でも、綾菜。式の準備が滞りなく進んでるのか気になって……」

薄ピンクのワンピースドレスを着た綾菜が、腰に手を当てて仁王立ちになった。

「お姉ちゃんは今日の主役なの。主役はちゃんと座って待つものよ？　そんな格好で、その辺をうろうろしていたら、すぐに見つかっちゃうわよ」

「……はい」

綾香は諦めて再び腰を下ろし、目の前の妹を見上げた。その時電話がかかってきて、綾菜はその電話を取り会場について確認をしている。

（まだまだ幼いと思っていたのに、綾菜ももう大人だったのね）

司と綾香が結婚する――そう聞いた綾菜は、意外なほどの有能さを発揮した。式場の選定から、会場の飾り付けのコンセプト、式の進行など、挨拶回りで忙しい綾香に代わって立派に取り仕切ってくれた。

『だってお姉ちゃん、私の時に同じようなことしてくれたでしょ？　今度は私の番よ』

そう笑った綾菜は、大学を卒業したらブライダルプランナーになりたい、とも言った。綾香のために動いたことで業界に興味を持ったらしく、海斗も賛成してくれたという。

「お姉ちゃん、私は会場の方を見に行くから、控室で大人しくしていてよ？」

「はいはい」

苦笑しながら返事をする姉に、もう、と頰を膨らませた綾菜は足早に控室を出て行った。綾香はぼんやりと正面の姿見を見た。

——結い上げた髪には、白とブルーの小花が飾られた王冠型のヘッドドレスが載せられている。ベールを被るのではなく、顔が見えるものを、と綾香が選んだものだ。後ろについているシフォン生地が、ふわりと肩に流れていた。普段とは違う華やかなメイクに、戸惑いを隠せない。いつもよりも大きく潤んで見える瞳。上気した頰。そして……

（このドレスも、司さんが注文してくれたのよね）

以前、ブライダルショップで綾香が眺めていた、ミニスカートのウエディングドレス。深いV字の胸元からは、滑らかな白い肌が見えていた。ハイウエストの切り替え部分は、チャームが付いた金色のリボンで締められ、両肩にも金ボタンが付いている。そのボタンに留められた白いマントが背中に流れ、高貴な印象を与えていた。

——ギリシャの女神。

それがこのドレスのコンセプトだった。

『お姉ちゃんらしいわ、このドレス。意志が強そうでカッコよくて。さすがは司さんね』と綾菜も大絶賛していた。

――こんこんと控室のドアがノックされた。綾香が立つ間もなく、すっとドアが開く。入ってきた人物を見て、綾香は思わず目を見開いて立ち上がった。

「京華、さん」

深紅の薔薇(ばら)を腰に飾ったドレス。ぴったりと体に沿うデザインは、スタイルに自信がないと着こなせないデザインだった。タイトスカートから伸びる足は、ドレスの色との対比で一層白く見える。ウェーブのかかった髪も手伝って、「華やか」という言葉がふさわしい。

つかつかと綾香の前に歩いてきた京華は、腕組みをして足を止めた。そうしてじろじろと綾香を頭のてっぺんからつま先まで見回した後、ふんと鼻を鳴らす。

「あなたみたいな女を選ぶなんてね。司も見る目がないわ」

「京華さん」

猫のような目が、綾香をきっと捉(とら)える。

「別にいいのよ？　司が言った通り、私が狙っていたのは藤堂家当主の妻の座なんだから。司は身近にいた従兄(いとこ)ってだけよ。お祖父(じい)様の直系の孫っていうだけで、いろんな奴らから狙われた者同士。だから司は私のことを分かっていたし、彼と結婚するのが一番楽だったのよ」

京華の声にわずかに残った震えに、綾香は気が付いていた。

（もしかしたら、本当は京華さんは司さんのことを……）

でも、何も言わなかった。言えなかった。くっと顎を上げて京華が話を続ける。

「藤堂家当主の座はね、私の父の悲願なの。長男でありながら、父は叔父様に負けてしまったわ。それは叔父様の方が優れたビジネスセンスを持っていたのだから、仕方のないことだけれど」

京華の瞳が挑戦的に輝いた。

「私は違う。司にだって実力で負けているとは思っていないわ。だから、堂々と司に挑みに行くわよ。そしてこの手で、当主の座をもぎ取ってやる――妻の座なんかどうでもいいわ」

そう宣言した京華は、ぞっとするほど美しかった。綾香はぐっと両手を握りしめていた。

「京華さん」

「綾香さん。あなた、司の秘書になるんですって？　私に当主の座を奪われないよう、社内でも司に尽くすことね」

くるりと踵を返した京華は、さっさとドアへと歩いていき、扉の前でふっと振り返った。

「そうそう、そのドレス似合っているじゃない。あなたにしては上出来よ――普通のウエディングドレスだったら、破いてやろうかと思っていたけれど。じゃあね、綾香さん。私はこれで失礼するわ――式には出ないから」

そんな京華に対し、綾香は深々と頭を下げた。京華はつんと顔を逸らし、そのまま控室を出ていく。

（やっぱり京華さんは……司さんのこと……）

藤堂家一族の中には、京華の方が良いという人もいた。綾香は口元を引きしめる。

（これからこんなこと、何度もあるわよね。でも……）

それでもこの場所は譲れないから。だから……

（私は私にできることをする。司さんを――守る。何があっても、傍にいる。秘書としても支えていくわ）

そう決意を新たにしていた時、綾香の耳に、ノックの音が入り込んできた。

「――お姉ちゃん？　そろそろ出番よ」

綾菜が扉を開けた。

綾香は大きく深呼吸した。そして綾菜に向かって、輝くばかりの笑顔を見せたのだった。


ステンドグラスから差し込んだ陽の光が、幻想的な雰囲気を醸し出していた。

大きな白百合や白いリボンで飾られた通路には、赤い絨毯が敷かれている。教会の礼拝堂の座席では、招待客が皆、新郎新婦の登場を今か今かと待ちかまえているところだった。

綾香の友人である碧もあの指輪を嵌め、白井と並んで綾香が現れるのを待っている。綾菜は海斗と共に、新婦の親族席に座っていた。

祭壇の左側にある大きなパイプオルガンがメロディを奏で始めた。その厳粛な音色に合わせるように、礼拝堂の扉が静かに開かれた。皆の視線が、扉の方に向く。

まずはゆっくりと、新郎である司が入場する。彼が祭壇の前まで歩く間に少し座席がざわめいたが、すぐに静かになった。

続いて扉から進み出てきたのは、白い百合のブーケを持った綾香ただ一人。すっと一歩踏み出した綾香の足に、躊躇いはなかった。

ミニスカートのウエディングドレスに身を包んだ綾香は、まさにギリシャ神話の女神のように見えた。目を見張る招待客の中、ゆっくりと綾香は歩き始める。

真っ直ぐに絨毯の上を歩く。引き渡し人はいらない、一人で歩きたいと希望すると、司は同意してくれた。颯爽と歩く綾香の姿からは、はっきりとした意志が感じられた。

(そう。私は一人で司さんのところに行くんだ。自分の足で。自分の意志で)

ぴんと背筋を伸ばした綾香の姿に、ほう、という溜息があちらこちらから漏れていた。今の綾香は、強い意志を持ち、自らも戦う知恵の女神、アテナの雰囲気を身に纏っている。

長いバージンロードの先に待つ、司のもとへ。彼は、自分に近付いてくる綾香をじっと見ていた。

綾香は頬の熱さを感じながらも、口元に笑みを浮かべる。

「……綺麗だ、綾香」

ようやく祭壇の前に辿りついた綾香に、司が微笑みかける。優しい瞳に、幸せで胸が痛くなった。

隣に立つ司を見上げながら、綾香も微笑む。

「司さんは私が守ります。だから一緒に歩いて行きましょうね」

司は一瞬目を丸くしたが、すぐににやりと笑い返した。

「それは俺のセリフだ。一緒に行こう、綾香」

「――はい」

司と綾香は神父の方を向き、朗々とした声の説教に耳を傾けた。

――病める時も健やかなる時も。

（これから何が起ころうとも、どんな時も、私は司さんの傍にいる。だって……）

綾香は誓いの言葉を述べた後、真っ直ぐに司を見上げた。司の熱い瞳に溺れそうになりながらも、はっきりと言った。

「――愛しています、司さん」

そう告げた綾香を司は強く抱きしめ、「俺も愛している」という言葉と共に、熱く燃えるような誓いの口付けを綾香に贈った。

（ずっと一緒に……愛しているから）

これからは一人になる夜はない。これからは、そう――ずっと一緒に歩いていく。

甘く激しい口付けは、顔を赤らめた神父の咳払いに止められるまで長々と続き、綾香は後でこってりと綾菜に絞られる羽目になったのだった。

囚(とら)われた御曹司の甘い日々

――その女性は、まるでそのまま空気に溶けて消えてしまいそうに見えた。

＊　＊　＊

「おめでとう、海斗。綾菜さん。式に出席できなくてすまなかった」

司がそう言うと、高砂席に座る新郎新婦は幸せそうに笑った。

「ありがとう、司。パーティーに来てくれただけで十分だ。海外出張中だったんだろ？　急に帰国させて悪かったな」

「気にするな。しかし、お前も随分と式を急いだんだな。半年前にはそんなこと一言も言ってなかっただろう」

この半年の間、海外と日本を行き来していた司は、じっくり海斗と話す暇もなかった。そして出張中に、いきなり結婚式の話を聞かされる羽目になったのだ。

白いタキシード姿の海斗は、隣に座るウエディングドレス姿の綾菜を愛おしそうに見た。

「早く捕まえないと誰かに取られるんじゃないか、って焦ってたんだ。大学も共学だし」

「も、もう、海斗さんたら。私モテないし、大丈夫なのに」

白いレースのドレスはふわりと優しげで、よく似合っている。可愛らしい花嫁だ。確かまだ二十歳だったな、と司は思い出す。

「そう言えば、ハネムーンはヨーロッパだったか？」

「ああ」

海斗が苦笑しながら言った。

「じいさんが俺の代理を派遣してくれることになったおかげで、二ケ月間ハネムーン休暇を取れたよ。最初はそんなのいらないって遠慮したんだけど『これぐらいの心遣いも許さない気か』と怒られた」

その光景が目に浮かぶようで、司は苦笑する。海斗も仕事人間だから、休暇は最低限にするつもりだったのだろう。それを見越した祖父が、無理矢理にでも長期休暇を取らせたというわけか。

それから二言三言会話をした後——

「じゃあ俺はこれで。もう一杯飲んだら失礼する」

そう言って司がその場を離れようとすると、海斗が同情するように言った。

「また親戚連中に追いかけられてるのか？」

司は溜息をつきつつ小声で返す。

「まあな。かといって、めでたい席であからさまに嫌がるわけにもいかないし、早々に撤退するさ――海斗、幸せにな」

「ああ。ありがとう」

会釈して海斗達から離れた司は、出口の方へと歩き出した。

海斗の笑顔に、内心安堵していた。

海斗は藤堂家会長の外孫で、次期当主と言われる内孫の自分ほどではないが、藤堂の名に引かれて寄ってくる女性達をあしらうのに苦労していたからだ。藤堂家と親戚になるということは、それほど魅力的なものらしい。そういう女性に捕まらなくて本当に良かった。海斗が自分で選んだ女性は、若干幼くはあったが、素直で感じがよかった。

「ああ、司君。間に合ったのか。どうだい、一緒に一杯飲まないか」

声をかけられて司は立ち止まり、冷たい愛想笑いを浮かべた。これは、母のまたいとこの夫とその娘だったか。腹周りに貫禄のある中年男性からも、派手なピンク色のドレスを着た厚化粧の女性からも、ぎらぎらした肉食獣のような視線しか感じなかった。前々からこの家族には付き纏われて迷惑していたが、ここでも近寄ってきたかと呆れるしかない。

「いえ、もうこれで失礼します。仕事が残っていますし、海斗にも挨拶は済ませましたから。では」

「司さんっ」

何か言いたげな女性の声を無視して、司はくるりと踵を返して歩き始めた。あちこちから似たような視線を感じる。これはとっとと退散した方が良さそうだ――そう思った時、壁際にいた女性の姿が目に入った。

（――!?）

どくん、と心臓が鳴った。思わずその場に立ち止まる。

（……あれは？）

妖精のようなブルーのドレスを纏った女性がそこにいた。上半身にぴたりと張り付く煌びやかな布地が、胸元のまろやかな丘を魅力的に見せている。短めの袖から伸びる手は白くて滑らかで、膝丈のスカートから伸びる足も形がいい。細い首筋に艶やかな黒髪が巻き付く様は、まるで絵画のような雰囲気だった。薔薇色の唇は、目が離せないほどに魅惑的だ。

（な……）

司は目を見張った。長いまつ毛の下の、伏し目がちな瞳が――とても儚げに見えたからだ。幻想的なドレスごと、そのまま溶けて消えてしまいそうだった。

そう、彼女の瞳は、どこか遠くを見ていた。ここではないどこかを。

――あの瞳で、自分を見てほしい。

心の底から湧き上がってきた思いに、司は動けなくなった。会ったばかりの女性に、こんな思いを抱いたことなど今までなかった。

周囲の男性が、ちらちらと彼女を見ているのが分かる。そのうち二人連れの男が、彼女の方に足を向けた。その瞬間、司の気持ちは決まった。

女性がまた金色のシャンパンを口に含む。グラスが空になりそうなのを見た司は、すばやく近くにいたボーイからグラスを二つ受け取り、先程の男達よりも先に彼女の方へ歩いて行った。

（――逃がさない）

高鳴る鼓動を抑えながら、司は女性の斜め後ろから声をかけた。

「もう一杯、いかがですか？」

びくっと女性の肩が揺れた。振り返った彼女は、司を見て目を瞬かせた。司は手にしたグラスをそっと差し出す。

「え……？」

彼女は目を丸くしたまま、じっとグラスを見つめていた。動こうとしない彼女を見て、司は彼女の左手にグラスを持たせ、代わりに空になったグラスを取って通りかかったボーイに渡す。

彼女の瞳には、先程の親族の女性のようなぎらぎらした欲望は映っていなかった。ただ知らない人間に声をかけられて、戸惑っているだけに見える。警戒されないよう微笑んでみせると、彼女はほんのりと頬を染めた。

「花嫁のお知り合いですか？」

そう聞くと、一瞬彼女の体が強張ったような気がした。

「あの、私……」

そう言って口をつぐんだ彼女は、少しの間思案顔をしていたが、やがて司を見上げてにっこりと笑った。

「……ええ、そうです。あなたは？　新郎のお知り合いですか？」

初めて見る彼女の笑顔はどこか挑発的だった。やはり、彼女は藤堂家側の人間ではない。自分が誰なのか分かっていないらしい。司は口の端を上げたまま答えた。

「そうです。俺が海外出張に行っている間に、結婚が決まっていたことには驚きましたが」

カツン、と彼女が持つグラスに、自分のグラスを軽く当てた。

「……新郎新婦の幸せを願って」

ええ、と頷いた彼女はシャンパンを飲んだ。瞳が少し潤んでいるように見える。司は、目の前の彼女をじっと見つめた。

すると、彼女は眉根を寄せる。

「何か？」

首を傾げた彼女はとても可愛らしかった。くっくっ……と司が笑うと、彼女の指先がぴくっと動いた。からかわれたと思ったのだろうか。

「いえ。あなたの態度が新鮮だったもので」

「新鮮？」

どういう意味なのか、まるで分かっていないようだ。〝藤堂財閥の跡取り〟を前にして、こんな態度を取った女性はかつての恋人――加奈子以外にいなかった。いや加奈子にさえも、会った瞬間からこんなに惹き付けられはしなかった。

「今まで俺の周りには、あなたみたいな女性はいなかったな」

「はあ、そうですか……」

気の抜けた返事をした彼女は、司に全く興味を持っていないようにも見える。このまま何もしなければ、多分彼女は少しの未練もなく立ち去るだろう。司ははやる気持ちを抑えながら、さりげなく聞いた。

「この後、予定はありますか？」

「いえ……特には」

そう答えた彼女の瞳が一瞬揺れた。

「もし良ければ、場所を変えて飲み直しませんか？　このホテルのラウンジも、なかなか良い酒を置いているそうですよ」

今まで自分からこんな誘いを掛けたことはない。女性に対しては、いつも自分が追いかけられる側だったからだ。が、今は自分が狩る側だ——司は、じりじりと彼女の返事を待った。

「私……」

儚げな瞳が戸惑い、揺れている。いっそこのまま強引に連れ去ろうかと思った時、彼女は掠れた声で「ええ」と答えた。司はにっこりと微笑んだ。

「じゃあ、パーティーが終わったら最上階のラウンジで。……待ってますよ」

それだけを告げて、司は彼女から離れた。今、彼女を追い詰めるのは得策ではない。周囲の目があり過ぎる。皆が帰るのに紛れて行動しなくては。

司は先程までとは打って変わった愛想の良さで親戚達に会釈をしながら、会場を後にした。ラウンジの席を予約しなければ。そしてスイートルームも。

（まるで、中高生みたいだな）

名前も知らない女性との約束に、こんなに胸を躍らせているなんて。今までの自分にはなかった経験だ。

会場から廊下に出た司は、口元に笑みを浮かべたまま、最上階のラウンジへと電話を掛けた。

＊＊＊

ラウンジに現れた彼女は少し瞳が潤んでいて、しっとりとした色気を漂わせていた。待っていた司は、今すぐにでもスイートルームに連れていきたくなったが、素知らぬ顔で微笑んで彼女を迎えた。

窓際の二人掛けのソファ席を予約しておいて正解だった。この席は窓を向いていて、他の席からあまり顔が見えない。魅惑的な彼女を誰にも見せたくなかった。

彼女は特に気にならないのか、黙って司の隣に腰を掛けた。

クッションのよく利いた白い革のソファに並び、眼下に広がる夜景を見ながら他愛もない話をする。彼女はとても頭が切れ、司も舌を巻く程気の利いたセリフを返すこともしばしばだった。女性と話していて、こんなに楽しい時間を過ごせたのは久しぶりだ。

時々目を瞑って口元を緩ませる彼女はとてもリラックスした様子で、音楽に身を任せているかのようだ。ピンク色に染まったその頬に触れたい。そう思いながら司は言った。

「……俺の名前は司。名前を聞いてもいいか？」

わざと名字を名乗らなかった。藤堂家と関係があることを知られて、この雰囲気が壊れるのを恐れたからだ。司の言葉に、彼女はゆっくりと返した。

「……綾香」

彼女も名字を名乗らなかった。

「綾香……いい名前だ。色っぽくて、よく似合っている」

「色っぽい？　私が？」

綾香は不思議そうな顔をして司を見た。自覚がないのか。話しているだけで、こんなにも煽られているのに。

「……ああ。思わず俺が声をかけてしまうぐらいに。あんなことは初めてだった」

司は本音を漏らした。

「初めて？　まさか」

眉をひそめた綾香の頬を、思わず指で撫でた。

「……本当だ。俺は自分から女性に声をかけたことはない……さっきまではな」

自分がこんなにも心臓を高鳴らせていることなど、目の前の綾香には分からないだろう。自分でも何故だか分からないのだから。今日初めて会った女性に、こんな思いを抱くなんて。

「声をかけなくても、寄ってくるんでしょうね……あなた、モテそうだもの」

ふふっと司は笑った。

「それは否定しないが……俺目当て、というわけでもないからな。大抵は、俺のバック狙いだ」

そう、〝藤堂家〟目当てなのだ。俺自身を狙っているわけではない。狙っているとしても、〝藤堂家次期当主である俺〟目当てだ。会場での一コマが頭を過ぎり、心の中で自嘲するものの、綾香は「ふうん？」としか返してこなかった。

とろんとした綾香の瞳に、今まで会った女性達と同じ色はない。司はほっとして言葉を続けた。

「だから、媚を売らない綾香が眩しかった」

藤堂家に関係なく、『藤堂司』自身を見てほしい。そんな思いがこみ上げてくる。

綾香は少しだけ身を震わせると、また一口カクテルを飲んだ。どこか悲しそうに見えるのは、何故だ。俺がその翳りを取り除きたい。笑って欲しい。心から。

（お前のことが、知りたい。心も体も全て――知りたい）

自分でも性急過ぎるのは分かっていた。綾香がかなり酒に酔っていることも。だから、一度だけ綾香に逃げる機会を与えた。

「……そろそろこの店も閉まる。帰るなら送っていこう」

司がそう言うと、綾香はぎゅっとテーブルの上に置いた拳を握りしめた。瞳に辛そうな色が見え隠れする。じっと返事を待つ間にも、司は彼女から目を離せなかった。

「一人に……しないで」

縋るようにそう言って目を瞑った綾香の肩に手を回す。そうして彼女の耳元で甘く囁いた。

「……分かった。俺がいる。一人にはしない」

綾香はふっと力を抜き、司に体を預けてきた。彼女の香りが鼻腔(びこう)をくすぐり、思わずその首筋に顔を埋(うず)めたくなった。酔っているところにつけ込んだ、と言われても構わない。今は綾香を手放せない。司はぐっと強く綾香を抱きしめた。

思った通り、彼女の体はとても綺麗で――とても熱かった。

「ん、ふう、ん……」

深く甘いキスの間に綾香が喘(あえ)ぐ。その声を聞いただけで、もっと貪(むさぼ)りたくなってしまう。肌も唇も、どこもかしこも。

「お前、甘い……な」

掠(かす)れた声でそう言うと、綾香はうっすらと目を開けた。焦点の合っていない、ぼんやりとした表情。赤くなった頬に甘い吐息。綺麗にセットされていた髪も、とっくに乱れてしまっていた。

――欲しい。もっともっと――この女が欲しい。

司は綾香の背に手を回し、ドレスのファスナーを引き下ろして、そのまま床へと落とす。キャミソール姿になった綾香は、二の腕を擦(さす)りながら足元のドレスを見ていた。

「何だか不満そうだな……脱がされたくなかったのか？」

綾香が少し拗(す)ねたような目つきで司を見上げた。その様子に余計に煽(あお)られ、綾香の胸を掴む。全体を優しく押し上げるように揉み、硬くなりつつある蕾(つぼみ)を薄い布越しに摘まむ。

「あ……ん……」

甘い声が綾香の口から漏れた。目を閉じて、司の手の動きに合わせて体を揺らす綾香の姿。それが堪らなく扇情的だった。切羽詰まった、鋭い欲望が司を駆り立てる。

綾香が小さく首を横に振り、司の首にほっそりとした腕を回した。

「一人に……しないで」

司は綾香をぐっと抱きしめ、その耳元で囁いた。

「離してくれと言っても離さない」

綾香の体がふるっと震えた気がした。急にし過ぎて怯えさせただろうか？　だが、綾香は抵抗する素振りを見せなかった。

壊れ物でも扱うようにそっと抱き上げた司は、そのままベッドへと運んでいった。

「あああっ……！」

何も身に纏っていない綾香の肌は、滑らかで淫らだった。司の指や唇が触れるたびに、小刻みに揺れる熱い体。司も今までになく熱くなっていた。

「感じやすいな。お前」

胸の頂を、司は執拗に舐めた。赤く染まった硬い蕾を唇で挟むと、はあはあと荒くなる息と共に甘い喘ぎ声が聞こえた。もう片方の蕾を軽く指でしごくと、綾香の腰がぴくんと跳ねた。

太腿に手を当て力を入れると、とろんとした瞳の綾香はすんなりと体を開いた。司はそのまま濡れた花びらに触れる。

「あ、あああんっ！」

　すると綾香は悲鳴に近い声を上げた。その声に気を良くした司は、しっとりと濡れた襞をなぞるように指で何度も往復する。綾香の体から立ち上る〝女〟の匂いに、一気に貫きたくなる気持ちを抑え、司は指の動きを少しずつ激しくしていった。綾香の背中がしなる。彼女の細い指はベッドのシーツをぐっと握りしめていた。

「ん、あ、いやっ……！」

　綾香は目を瞑り、首を横に振って逃げようと腰を浮かす。司はその腰を掴んで、もう一度ベッドに沈めた。素直な綾香の反応に、嬉しくてもっと追い詰めたくなる。

「本当に、嫌か？」

「だっ……て……っ、あんっ……！」

　白い肌を強めに吸い、赤い痕を残す。自分のものだという証。そう思った瞬間、堪らなくなった司は、胸や腹にも次々と痕をつけていく。

　花びらをかき分け、隠されていた花芽を軽く摘まむと、甘い悲鳴が綾香の口から漏れた。少し動かすと、十分に潤った入り口に指がくぷり、と埋まった。思っていたよりも狭い。

　肉の壁をゆっくりと擦るように指を動かすと、綾香が苦痛とも快楽とも判断できない表情を浮かべた。あまり経験がないのかもしれない――そう思った司は、彼女に痛みを感じさせないよう少しずつ隘路を広げていく。

　ふと、綾香の手が司の肌に触れた。しっとりと汗ばんだ肌を撫でられて、思わず掠れた声を出してしまう。司はじっと綾香を見下ろす。

半分開いた唇、ほんのりとピンク色に染まった肌、白いシーツに広がる艶やかな髪。こんなにも欲しいと思った女はいない。

（綾香……）

彼女もうっとりとした表情で目を閉じ――そして呟いた。

「……海、斗さ……」

――海斗!?

司の全身が強張った。

今、何と言った？　綾香は何を――

（まさか）

「ん……？」

綾香がゆっくりと目を開け、不思議そうな顔をした。司は、腹の底から湧き上がる暗い感情を堪えながら口を開く。

「海斗……？」

声が冷たく硬い。その言葉に、綾香ははっと目を見張った。引き攣った口元がわずかに震えている。

（海斗を知ってるのか）

いや、恐らく知ってるだけじゃない。この反応は、どう見ても――

司の心から全ての熱が消えた。

時折見せていた憂い顔も、どこか遠くを見ていた瞳も——全て海斗のせいだったというのだろうか。

「お前、あいつと関係があるのか」

「……」

怒りを抑えるのが精一杯だった。綾香の瞳に罪悪感が見え隠れし、その様子にますます怒りを煽られる。綾香は何も言えないのか、かたかたと震えながら自分を見上げるだけだ。

司はそんな彼女を睨んだ後、体を起こしてベッドから下りた。彼女がシーツで体を隠したのが視界の端に映る。

さっき脱ぎ散らかしたスーツは皺になっていた。だがそんなことに構っていられない。司はさっさと身支度を終え、ベッドに目をやる。綾香はこちらに背を向けて震えている。

「今日、あいつが結婚したから……」

びくりと震えた肩が、綾香の気持ちを表していた。

「俺を代わりにしたのか」

司は感情を殺しながら、何とかそれだけ問いかける。

「ごめんなさい……」

小さな綾香の声。そんなことを聞きたいんじゃなかった。司は綾香に背を向けた。

「馬鹿にするな」

吐き捨てるようにそう言って、スイートルームを後にする。

怒りと失望と――そして嫉妬。

そんなどろどろした黒い感情に呑まれそうになりながら、司はロビーへと下りていった。

＊＊＊

その翌日、司は藤堂カンパニー本社の会長室に向かっていた。

『ごめんなさい……』

泣いているかのような小さな声。それが耳について離れなかった。

思わずかっとなって部屋を出てきてしまったが、少し頭が冷えてくると綾香の身元も海斗との関係も、何も知らないことに気が付いた。ホテルに連絡してみたものの、司が立ち去った後、綾香もすぐに出ていったらしい。

忘れてしまえばいい、自分を利用しようとした女のことなど。そう思ったが、できなかった。ふと気が付くと、彼女のことばかり考えている。

(もう一度会わなければ)

この行き場のない感情が、怒りなのか欲望なのかすら分からない。会ってどうするのかも分からないまま、司は自分の心を持て余していた。

海斗に聞けば彼女のことは分かるだろう。だが海斗は新婚旅行中だ。余計な心配を掛けたくない。

それに——

(海斗にだけは、聞きたくない)

真面目な海斗のことだ。よもや中途半端に手を出して彼女を捨てた、などということはないだろう。ということは、彼女の片思いなのだろうが——それでも荒れ狂う感情は収まらない。

年が近く仲の良い従弟(いとこ)をこれほど妬(ねた)んだことはなかった。胸の奥がじりじりと焦げ付くようなこの思いを、あいつにだけは知られたくない。

——忘れられないなら、探し出せばいい。そしてもう一度会う。それからどうするのか、考えればいい。

(あのままで済むなどと思うなよ)

そんな思いを抱きながら、会長室の扉をノックし、「失礼します」と告げて中に入る。祖父はいつもの羽織袴姿(はおりはかますがた)で車椅子に座り、奥の机で仕事をしていた。司が近付くと、読んでいた書類を机に置いて尋ねてくる。

「——突然どうした、司。今日は休暇の予定じゃなかったのか」

訝(いぶか)しげに問う祖父の前に立ち、司は言った。

「じいさん……いや、会長。海斗に、小野寺商事には代理を派遣するから長期ハネムーン休暇を取れと言ったそうですね」

「ああ。あちらには土井(どい)専務に行ってもらうつもりだ。ちょうど彼の手が空いて——」

「会長。小野寺商事には俺が行きます」

司の言葉に、祖父はすっと目をすがめた。鷹のような鋭い視線が、司を射抜く。

「お前は例の巨大プロジェクトで、総合マネージャーになることが決まっておるだろう」

「そちらの方は、しばらく俺の手が離れてもいいよう手配していきます。念のため、時々は本社に顔を出します。ですから」

司は深々と頭を下げた。

「どうか俺に行かせて下さい。お願いいたします」

祖父はしばらく何も言わずに司を見ていた。司も頭を上げ、祖父の目を真っ直ぐに見る。やがて、祖父はふん、と鼻を鳴らした。

「……何か理由があるようだな。いいだろう、許可する。土井には私から言っておこう。ただし、こちらのプロジェクトも手を抜くな。分かったな」

司は長い息を吐き、また頭を下げた。

「ありがとうございます」

こちらを見る祖父の視線は厳しかった。

「何をするつもりなのかは、後で報告してもらうぞ」

「ええ、分かっています」

落ち着いたところで、祖父にも言わなければならない。だが、今は。

(探すのが先だ)

海斗の関係者ならば、小野寺商事に行くのが一番早い。自分と同じ会社人間である海斗の交友関係は、恐らく狭いだろうと予測できた。海斗の母――叔母に確認すれば、ある程度把握できるだろう。

（絶対に、捕まえる）

会長室を後にした司の瞳には、決然とした光が宿っていた。

＊＊＊

目の前に立つ彼女は、自分の記憶以上に綺麗だった。

「……社長秘書の水瀬綾香です。よろしくお願いいたします」

司が小野寺商事に初めて出社した日、彼女はそう言って、他人行儀に頭を下げた。まさか、こんなに早く再会できるとは思っていなかった。今日の彼女は髪一筋の乱れもなく、かっちりとした紺色のスーツ姿。いかにも仕事のできる女といった雰囲気だった。

その澄ました顔に無性に腹が立った司は、表向きは冷静を装い口を開く。

「……俺は、藤堂司。今日から海斗の代わりを務める、藤堂カンパニーの専務……お前の〝大事な〟社長の従兄（いとこ）、だ」

綾香が息を詰めた。司の皮肉に気が付いたらしい。綾香は一瞬キッと睨（にら）み付けてきたが、またすぐに秘書の仮面を被ってしまう。

「そのように、社長から聞いております。社長が戻られるまでの二ヶ月間、精一杯補佐させていただきます」

海斗の秘書。海斗の一番近くにいたはずの女性。それが、海斗のことを――？

司の声は自然と尖っていた。

「お前みたいな秘書を選ぶとは……あいつ、社長としては大したことないんだな」

本心で言ったわけではないが、綾香はむっとした顔になる。

「私のことで、社長を批判されるのはおやめ下さい。社長には関係ございません」

海斗を庇うのか。胸がむかむかするのは気のせいじゃない。

「あいつには、以前から仕事の話になるたび『俺の秘書は本当に優秀で助けられてる』と聞かされていたんだ。その〝優秀さ〟とやらを証明してみろ。俺は人事権も行使できる。秘書として使いものにならなかったら、遠慮なく異動させるからな。覚悟しておけ」

そう言い放つと、綾香はぎりと唇を噛み「はい、承知いたしました」と頭を下げ、司に先立って社長室のドアを開けた。

司は無言で社長室に入り、海斗の席に腰を下ろした。そうして艶のある机に肘をつき、机の前に立つ綾香を見上げる。

何食わぬ顔で綾香が今後の業務についてのメモを読み上げ始めたが、司はそれを遮った。

「全部キャンセルだ」

「は？」

綾香は顔を上げ、司の顔を見た。目を丸くして、何を言われたのか理解できていない様子だった。

「二度言わせるな。今日の予定はよほどの急務でない限り、全部キャンセルしろ。その代わり……今進行中の商談やプロジェクト関連の書類を全て見せろ。チェックし直す」

一瞬綾香から、抑え切れない怒りが伝わってきたが、すぐに彼女は秘書の微笑みを浮かべて言った。

「……承知いたしました。すぐにお持ちいたします」

十分後――戻ってきた綾香が机の上にどかっと資料を置いた。

司は一番上のバインダーを手に取り、ざっと中を確認していく。小野寺商事の基本データはあらかた頭に入れてきた。まずは緊急の案件の確認だ。

司は、綾香に次から次へと指示を出した。綾香は慌てることなく冷静にメモを取っている。その様子にはまだ憤り（いきどお）が残っているのを、司は感じていた。

「お先に失礼させていただきます、社長代理」

帰る？

司は机の前に立つ綾香を見た。今なお秘書の顔を崩さない彼女に無性に腹が立った。

「上司がまだ仕事中だというのに、先に帰るのか？」

思わず嫌味を言うと、綾香は冷たい微笑みを浮かべた。

「本日指示された作業は、全て終了いたしました。明日の準備も済んでおります。業務が終われば、だらだらと残業せず帰宅し、英気を養って翌日に備える――というのが、我が社の方針ですから」

海斗の方針か。それに従う、と言う綾香が憎たらしくなった。

「……酒は飲むなよ」

「は？」

ぽかんと口を開けた綾香を、司は睨み付けた。

「お前は飲むとその辺りの男を手当たり次第、ベッドに引きずり込みそうだからな」

「……!!」

さっと綾香の表情が変わった。唇をぐっと噛んだ彼女の、握りしめられた拳がわずかに震えていた。

「あの日だけですっ！　あれだって、慣れないお酒を飲み過ぎたせいです！　もう二度とあんなことは起こりませんっ!!」

「へえ……？」

（二度と起こらない？　そんな気でいるのか、こいつは？）

そうはさせるものか——司は少しばかり嗜虐的な気持ちで笑う。綾香が必死に冷静になろうとしているのが分かる。

やがて彼女の口から出た声には、何の感情も乗っていなかった。

「……確かに、あの夜のことは私の過ちです。申し訳ございませんでした。私はもう忘れましたから、社長代理もどうかお気になさらないで下さい」

そう言い切った綾香は、再び頭を下げると、かつかつヒールの音を響かせ、社長室から出ていった。

（忘れた……だと？）

「……忘れられるわけないだろ、この馬鹿が」

それができていたら、俺はここにはいない。司の呟きは、当然ながら綾香の耳には入っていなかった。

＊　＊　＊

意地っ張りで、素直じゃない綾香。

仕事をしている時の綾香は、まさに優秀な〝秘書〟だった。

が、自分に対してだけはその冷静な〝秘書〟の仮面が外れる時がある。そのことに、司は捻くれた満足感を味わっていた。

――海斗には見せていない顔。海斗には聞かせたことのない怒り声。そして海斗には見せたことのない――潤んだ瞳。

綾香に触れるたびに、あの夜のことを思い出す。甘い喘ぎ声を漏らし、熱い体をくねらせていた綾香を。

（もっと堕ちてこい、俺の所まで。仮面を被ってないお前が見たい）

小野寺商事で仕事を始めてから五日後、半ば強引に綾香を食事に誘った司は、その帰り、車の中で彼女を抱きしめて唇を奪っていた。

綾香は司の胸を押して抵抗する。

「んん……っ、ふ……うん……！」

司は綾香の柔らかい唇を舐め、開いた隙間から舌を差し込んだ。綾香の体がぶるりと震える。

「やっ……ん……」

この声を聞いているのは俺だけだ。柔らかい唇を貪っているのも、そして熱い体に触れているのも、俺だけだ。

欲望のままに綾香の胸に手を伸ばし、掴んだところで、ばし！ と側頭部をショルダーバッグで殴られた。

「何をする」

「な、何をするじゃないでしょうっ!! 何してるんですか、あなたこそ!!」

完全に〝秘書〟の仮面が剥がれ落ちている。頬を赤らめ、息を切らしている綾香。司はあえて事もなげに答えてみせる。

「あの夜の続きだが？」

「なっ」

真っ赤になった綾香がとても可愛くて、司はにやりと口の端を上げた。

「お前はもう忘れたと言ったが、俺は忘れないぞ。あの時のお前の甘い声も……白い柔らかな体も」

「……っ、何言って……っ!!」

なおも反論しようとする唇に、思わず軽いキスをした。綾香が息を詰める。

「だからこれからは酔っていないお前を口説く。分かったか？」

頬を上気させ、唇を開けたまま見返してくる綾香は、司が何を言ったのか分かってないようだった。

「お前でもそんな顔するんだな。ぽかんと口を開けたままの、可愛い間抜け顔」

ぱっと両手で口を塞（ふさ）いだ綾香をじっと見つめてやる。すると、綾香の頬がますます赤くなった。

「今日はここまでにしておいてやる。これから覚悟しておくんだな」

逃げるように車から降りた綾香を置いて、司は車を発進させた。

運転しながら、先程のことを思い返す。甘い唇の感触がまだ残っている。綾香が自分のことをどう思っているのかは分からないが、抱きしめた時、彼女の体は確かに熱くなっていた。

（もっと熱くしてやる。俺から逃げられないくらいに。だから、もっと——欲しい。お前の全てが）

綾香に出会ってから、ずっと体の奥で燻（くすぶ）っている熱。それが司を突き動かしていた。

そして五ヶ月が過ぎた頃、いくつもの障害を乗り越えた二人は、神の前で愛を誓うことになる。

＊　＊　＊

目を覚ました時、いつもの習慣で隣を見る。そこにすやすや寝息を立てている綾香を認め、司はほっと溜息をついた。

寝ている妻の唇に軽くキスをして、身支度をするためにベッドから抜け出す。白いワイシャツと黒のスラックスに着替え、ダイニングキッチンへと向かった。

(久しぶりにあの頃の夢を見たな……)

食パンを焼いた後、手際よくスクランブルエッグを作りながら、司は今朝見た夢の内容を思い出していた。

綾香と出会った時のこと。彼女に一目で惹かれた司は、自分のものにしようと必死だった。

一方、歳の離れた妹の面倒を懸命に見ていた綾香には、恋愛する暇などなかったのだろう。そのせいか、彼女は恋愛そのものに恐ろしく疎かった。

綾香と結婚することを公表した時、綾香の友人である早見には『やっぱり社長代理は綾香のことがお好きだったんですね！　最初にお会いした時からそうなんじゃないかと思っていました！』と言われたのだが、当の綾香は全く気が付いていなかったらしい。

あれだけ押したのに気が付いていなかったとは、鈍いにもほどがある。まあ、その鈍さのおかげで、他の男の好意にも気付かずスルーしてきたようだから、文句は言えないが。

その時、コーヒーメーカーから電子音がした。コンロの火を止め、程良くふんわりと仕上がった卵を皿に移す。カウンターの向こうのダイニングテーブルに皿を並べ、コーヒーをカップに移したところで、眠たそうな声がした。

「司さん……おはよう、ございます……」

寝室から出てきた綾香は、かっちりと上までボタンを留めた白のブラウスに紺のタイトスカートという、いつもの秘書スタイルだったが、目をしょぼしょぼさせていてノーメイクだし、髪も乱れていれば歩き方も気だるげといった、寝起きの顔だった。

「おはよう、綾香」

――あのブラウスの下の白い肌に、赤い華が散っているのを知っているのは自分だけだ。

そう思うと、満足感が込み上げてくる。司がダイニングテーブルに着くと、綾香もすとんと向かいの自分の席につく。

「――いただきます」

こくりとコーヒーを飲む綾香が、妙に色っぽく感じるのは何故だろう。よく見ればほんのりと頬が染まり、瞳も潤んでいる。すぐにその理由に思い至った司は、素知らぬ顔でトーストに齧り付く。

「……司さん」

綾香がじっとりした目で睨んでくる。司はやはり素知らぬ顔で「何だ？」と尋ねた。すると綾香はどこかもじもじした様子で言う。

「私は秘書なんですから、本来であれば司さんよりも先に出社して準備しないといけないんです」

綾香は、司との結婚式の一ヶ月前に、彼の専属秘書として藤堂カンパニーへ転職していた。海斗をはじめ、同期の碧や白井など、多くの社員が綾香がいなくなることを惜しみながらも、笑顔で送り出してくれたのだった。

「そ、それなのに、その、あの……」

言い淀む綾香に、司はにやりと笑ってみせた。

「翌朝起きられないほど、何度も抱くのは止めてくれないか、とでも言うつもりか？」

「つっ、司さんっ!?」

図星だったらしく、綾香の顔が真っ赤に染まった。司はコーヒーを一口飲み、にっこりと微笑む。

「綾香が可愛いのが悪い。それに、俺より先に出社する必要もない。昨日のうちに、あらかた準備は終えているはずだろうが」

「そ、それは、そうですけどっ」

司と結婚してから、綾香の出社時間はかなり遅くなった。とはいえ、定時十五分前には席に着くようにしているのだが、綾香としては、司よりも早く出社して準備をしたいらしい。だが、そうすると司とは別々に出勤ということになる。

「今まで通り俺と一緒に出ればいいだろう。俺の出社時間も早い方だぞ？」

「ううう……」

そうじゃないのに、とぶつぶつ呟きながら、綾香はスクランブルエッグを載せたパンを齧る。こういう隙だらけの綾香を見れるのも、自分だけ。昨夜あれだけ抱いたにもかかわらず、またあの火照った肌に触れたい、と思う自分に少しばかり呆れつつ、司は朝食を食べていた。

「あ、そうだ。今日、帰りが遅くなります」

綾香の言葉に、司は一週間前に聞いた話を思い出した。

「ああ、早見の結婚式の打ち合わせか」

綾香の友人である早見と、営業部の課長、白井との結婚式が二ヶ月後に迫っている。綾香は早見から色々とアドバイスを求められているらしく、親友のためにと仕事の合間を縫ってあれこれ頑張っていた。

「終わったら連絡しろ。迎えに行くから」

「もう、司さんたら。忙しいんだから、少しでも休まないといけないのに。私は大丈夫ですから」

綾香はそう言って、ぷくりと頬を膨(ふく)らませた。こういう表情も可愛くて仕方がない。

「お前は大丈夫でも、周囲はそうじゃない」

綾香はわけが分からない、という顔をしている。こういう時、綾香は本当に鈍(にぶ)いと思う。周りの男共の注目を浴びていることに、気が付いていないのか。結婚してからというもの、堅苦しい印象だった綾香が、柔らかい雰囲気になった、と評判になっているというのに。

自分がいない隙(すき)を狙って、綾香に話しかける連中が増えたことも知っている。

司は溜息をついて言った。

「とにかく連絡しろ。分かったな?」

「はい……」

まだ納得のいかない表情の綾香だったが、議論する時間はないと思ったのか、その後は大人しく朝食を食べていた。

＊＊＊

出社してから司も綾香も、昼食まで一息つく間もなかった。会議や、資料の確認。ようやく十四時過ぎに専務室で軽食を摘まんだ後、司は黒い革張りの椅子に腰かけ、机の横に立つ綾香から午後の予定を聞いていた。

「……次の会議は、十五時から第三会議室で、三時間の予定です。明人副社長と営業部の木村部長、それから商品企画部の河野部長も出席される予定です」

「分かった。資料は？」

「移動用のノートパソコンにデータを入れてあります。紙の資料も印刷済みです」

今朝ほど見た紺のスーツ姿に、後ろで一つに括った乱れのない髪。冷静な横顔。いつもの完璧な秘書の姿だった。司はすっと立ち上がり、綾香を軽く抱きしめる。

「司さんっ！」

綾香は焦ったように声を上げるが、司は気にしない。

カーテンは開いてるが、ここは二十階で外から見る者はいないし、専務室のドアは閉まったままだ。なのに抵抗する綾香の耳元に、司は囁く。

「少しお前を補充させろ。こう会議が続いては、集中力が途切れる」

そのまま綾香の首筋に顔を埋めた。綾香は香水をつけていない。だから、ほんのりと香るのは、ボディソープの淡い香りで、こうして顔を近付けないと分からない。じたばたと体を捩る綾香の反応も好ましい。

「お前の柔らかさは気持ちいい」

そう言った途端、綾香の顔が真っ赤に染まった。

「も、もう離して下さいっ！　今から色々と用意しないといけないのにっ……！」

ぱしぱしと自分の腕を叩く左手の薬指が、きらりと輝く。小さなダイヤが埋め込まれたシンプルな結婚指輪は司が選んだものだ。

司は綾香の首筋に軽くキスをしてから顔を上げた。

「嫌だ、と言ったら？」

少し意地悪を言ってみると、綾香はつんと澄まして言葉を返す。

「なら、会長の秘書になります。お誘いを受けてますから」

綾香が本社に移って間もなく、彼女の優秀さを目の当たりにした祖父が、『司で満足できなくなったら、いつでも私の秘書になるがいい』と本気で言っていたことを思い出す。綾香がそうしたいと言えば、間違いなく異動させる――あの祖父は。

司は、はあと溜息をついた。

「……仕方ない」

仕方なく手を離すと、頬を染めた綾香が手早く髪やブラウスを直した。

「会社ではこういうことはやめて下さい。仕事に集中できないじゃないですか」

ううう、と唸る綾香を横目で見ながら、司はにやりと笑いかけた。

「やめる、とは約束しないが。今日はここまでにしておこう」

「司さん！」

綾香が叫ぶのと同時に、専務室のドアをノックする音が聞こえた。綾香は司をじろっと見た後、

「はい」とドアを開けに行く。

「――あら、綾香さん。お久しぶりね」

白いスーツを着た京華がそこに立っていた。

綾香は一瞬口元をぴくりと動かしたが、すぐに冷静な顔に戻った。京華はそんな彼女を一瞥すると、すっとその横を通り過ぎ、司の前に出る。

司が片眉を上げた。京華はどこか嫌そうな表情で、司に分厚い書類を手渡した。

「これ、内容を確認してちょうだい。お祖父様と誠司叔父様は承認済みだけど。次期当主の司にも承認をもらえ、ですって」

司は資料を受け取り、ぱらぱらとめくり始めた。京華は腕を組み、その様子をじっと見ている。

綾香は、二人から一メートルほど離れた位置に控えていた。

「……お前が発掘したとかいう、アメリカの服飾デザイナーとの提携話か。よく会長と社長の承認を得られたな」

まだ日本では知名度の低いそのデザイナーの作品は、原色をいくつも組み合わせているにもかかわらず、不思議と一体感を醸し出していた。京華はそのデザイナーとコンタクトを取り、まず鞄や財布、靴などの小物製品から売り込む計画を立てていた。

京華はふふふと笑う。

「あら、私の目は確かよ。このデザイナー、そのうち大化けするわ。今のうちに提携した方が我が社のためにもなるの」

（かなり大きく仕掛けるつもりか）

京華の流行を見抜く目は本物だ。今までにも無名のデザイナーを発掘してはプロデュースし、大ヒットさせている。その上今回は、パリコレにも進出しようとしているらしい。次期当主としてのライバルが勝負に出たな、と司は思った。

「後でゆっくり確認させてもらうが、計画自体はいいと思う。お前の一番得意な分野だしな」

京華の瞳がきらりと光った。

「そうでしょ。司が綾香さんに現(うつつ)を抜かしてる間に、着々と自分の地位を築いてるのよ、私は」

「おい」

ふん、と鼻で笑った京華は、くるりと踵(きびす)を返した。高いヒールがかつかつと音を立てる。綾香の横を通り過ぎる時、京華はちらちらと綾香を見た。

「綾香さんも油断しない方がいいわよ？　司が、この私に追い抜かれるかもしれないんだから」

「……心しておきます」

綾香が丁寧にお辞儀をすると、京華はつんと澄まし顔をして専務室から出ていった。薔薇(ばら)の残り香すら、二人を牽制(けんせい)しているような気がする。司はふうと溜息をつき、机の上に京華の書類を置いた。

確かに、ここ最近の京華の実績は目を見張るものがあった。元々卓越したビジネスセンスの持ち主だ。司が綾香と結婚したことで、京華なりに何かが吹っ切れたのだろう。

「あいつには、負けられないな」

司はノートパソコンを閉じ、それを左の小脇に抱えた。綾香を見ると、何とも言えない複雑そうな表情をしていた。

「京華さんに、あんなこと言われるなんて」

どうやら、司が綾香に現を抜かしていると言われたことを気にしているようだ。司はぽんと綾香の頭を軽く叩いた。

「気にするな。本当のことだしな」

「司さん⁉」

綾香の頬が見る見るうちに赤くなる。司はにやりと笑った。

「じゃあ、会議に行ってくる。後は頼んだぞ」

綾香はぷくっと頬を膨らませたが、すぐに秘書の顔に戻って言った。

「はい、行ってらっしゃいませ」

司は右手を上げた後、ドアを開き廊下に出た。

現在司が手掛けている巨大プロジェクトについての会議は、白熱した議論の場となった。運営方針や開催ルールの決定、各部署の役割分担、責任者の選定——と、様々なことが議論されたが、まだまだ課題は多い。

　司は会議が終わった後も、それぞれの部署の担当者に会って状況を確認し、専務や部長クラスの意見も聞き、議事録の内容を読み込んで、会長に報告する。

　会長である祖父はこのプロジェクトに関して口出しはしないと決めているようだが、報告だけは義務付けられていた。報告した時の顔付きからするに、まずまずの出来だったのだろう。司は内心ほっと息を吐いた。

　専務室に戻ってきた時には、もう二十時を過ぎていた。入り口近くにある綾香の机は綺麗に整頓されており、一番奥にある司の机の上には、明日の仕事の段取りのメモと資料が置いてあった。

『司さん。先に帰っていいとのご連絡、ありがとうございます。お先に失礼させていただきます。資料は纏めておきました。どうか無理なさらないで下さいね』

　綾香らしい綺麗な字。司はそのメモを手帳に挟んだ。

（もう、早見と会ってる頃だな）

　会議が長引いたことで、終業時間までに自分の仕事が終わらないと判断した司は、その時点で『先に帰っていい』と綾香に連絡したのだった。

　最初は遠慮していた綾香だったが、強引に帰るよう言い聞かせた。それで正解だった。何しろ今日の自分の戻り時間は、二時間もオーバーしているのだ。今頃綾香は、友達と楽しみながら打ち合わせをしていることだろう。司は席に着き、机の上の書類に目を通し始めた。

　数分後、スマホのバイブ音が響いた。画面を確認すると、綾香からだった。

「綾香？　もう終わったのか？」

『つ、司さん』

（声が震えてる？）

「どうした？　何かあったのか？」

司が聞くと、綾香が途切れ途切れの声で言った。

『あの、打ち合わせは十分ぐらい前に終わって、碧と別れて、駅に向かうところだったんです。そしたら今さっき、海斗さんから電話が』

「海斗？」

司は眉をひそめた。海斗がこんな時間に綾香に連絡を——？

『あ、綾菜が……病院に運ばれたって』

——一瞬、司の息が止まった。


電話を終えてすぐ、司は駅まで綾香を迎えに行った。

ロータリーに面した石畳の上、綾香は薄手のコートを着て呆然と立っていた。司は車を停め綾香に声をかけたが、彼女は最初、反応を示さなかった。その顔は真っ白だ。司は強引に綾香を車に乗せ、病院の名前を聞き出すと、すぐに車を発進させた。

「どういう状況だと海斗は言っていた？」

司が尋ねると、綾香は首を横に振った。

「綾菜は最近食欲がなくて、体調もあまり優れなかったみたい。でも大学で、胃腸風邪が流行っていたから、綾菜もそのせいだって思ってたんですって。そしたら」

綾香がごくりと唾を呑み込んだ。彼女の両手は、膝の上でぎゅっと握りしめられたままだ。

「さっき、きゅ、急に倒れたって。海斗さんもすぐにこっちに連絡をくれて。今、救急病院で診てもらってるって言ってたわ」

「綾香」

「あの子、体は丈夫で、風邪だって滅多にひいたことないのに。なのに、どうして」

司は一旦路肩に車を停め、片手を伸ばして綾香の手を握りしめた。綾香の冷たい指先を温めるように、ゆっくりと擦ってやる。

「大丈夫だ。海斗もついてるんだろう。お前が焦っていては、逆に綾菜さんに心配を掛けるだろう？」

綾香ははっと司の方を見た。司が頷くと、綾香は少しだけ落ち着きを取り戻したように見えた。

「そ、そうですよね。私が不安がってちゃだめですよね」

綾香は大きく深呼吸する。そして司を見て「大丈夫です」と頷いた。司も微笑み返すと、再び車をスタートさせた。

「ああ、来てくれてありがとう」

綾香達を待っていたのか、暗い救急病院の廊下に座っていた海斗が、そう言って立ち上がる。

シャツには皺が寄り、ネクタイも曲がっているのを見ると、彼もかなり焦っていたらしい。

「あの、海斗さん。綾菜は」

切羽詰まった綾香の声に、海斗が微笑んだ。

「今は落ち着いてる。すまなかったね、急に呼び出して。俺も君にだけは連絡しなきゃって焦ってたから」

「いいえ、連絡いただけて良かったです。それで綾菜は」

「中に入ろう。本人と話した方がいいだろう？」

海斗が白い引き戸を開け、病室の中に入った。司と綾香も続いて中に入る。ベッドの上で寝ていた綾菜が、二人を見て目を丸くした。

「お姉ちゃん？　司さんも」

「綾菜！」

綾香がベッドの側に駆け寄り、綾菜の右手を両手で握りしめた。綾菜の左手には、点滴が施されていた。ピッピッと点滴の流量を制限する機械音が聞こえる。司も綾香の後ろに立った。病院の薄いピンクのガウンと青白い顔色が、痛々しかった。

「大丈夫なの、綾菜。いきなり倒れたって」

心配そうな綾香の姿に、綾菜は海斗を軽く睨んで「もう」と文句を言った。

「海斗さんったら、大袈裟に言ったのね。貧血が酷くなって、くらっときただけなのよ。お医者さまも、ちゃんと休んでいれば大丈夫って」

綾菜の言葉を聞いて、綾香はほっと溜息をついた。

「そう……なの。良かったわ、大したことがなくて」

綾菜が司に視線を移す。

「司さんも、わざわざありがとうございます。お姉ちゃんが焦ってたから、一緒に来てくれたんですよね？」

「いや、大したことじゃない。大事がないなら、それで良かった」

綾菜の方が綾香を分かってるのかもしれないな——と司は苦笑する。

するとと綾菜が少し困ったような笑顔を見せた。

「大事がないというか……あのね、お姉ちゃん。私、しばらく入院することになったの」

「えっ⁉」

綾香の頬が強張った。綾菜は一瞬海斗を見て、また綾香に視線を戻す。そして、とても幸せそうに微笑んだ。

「私——赤ちゃんができたの」

その瞬間、綾香の体が固まった。しばし沈黙が落ちる。

しばらくして、綾香が綾菜の下腹部に目をやりながら口を開く。

「あ、赤ちゃん……って」

まだそこは目に見えて分かるほど膨らんではいない。

「うん、妊娠二ヶ月なんだって。それで貧血が余計に酷くなっていたみたい。切迫流産の危険もあるから、体調が落ち着くまで安静にしないといけなくて。だから一ヶ月ぐらい入院する予定なの」

綾香の表情がまた強張った。

「一ヶ月⁉　だ、大丈夫なの⁉」

そう言って綾菜の手をぎゅっと握りしめる。

「大丈夫だよ、お姉ちゃん。ちゃんと安静にしていれば問題ないって、先生が」

「綾菜……」

綾香は魂が抜けてしまったように呆然と呟く。司は、海斗と綾菜を見て微笑んだ。

「そうか。おめでとう、海斗、綾菜さん」

「ありがとう、司」

海斗が照れくさそうな表情をした。綾香もそこでようやく、「おめでとう、綾菜。海斗さん」と声を絞り出す。

「ありがとう、司さん、お姉ちゃん。退院したら、また遊びに行かせてもらうわ」

綾菜が自分の下腹部に手を当てて微笑む。

「今はこの子のためにも、体を休ませることを最優先にするわ。海斗さんには悪いけど」

「悪くなんかないぞ、綾菜。家のことはどうとでもなるし、綾菜は自分とこの子のことだけを考えてくれれば、それでいいから」

海斗が綾菜に微笑むのを、綾香がぼんやりと見つめている。その瞳からは、何を思っているのかは分からなかった——

「おい、綾香？」

「……」

「綾香、大丈夫か？」

ぼうっとした目で、綾香が司の方を見た。

「あ、つかさ、さん……だいじょうぶ、です……」

（全然大丈夫そうに見えないが）

司はハンドルを握りながら、横目で綾香をちらりと見た。

帰りの車内でも、綾香は黙ったままだった。綾菜の爆弾宣言に、まだついていけていないらしい。

今もぼんやりと考え込み、ネオンライトが流れる窓の外を見る目には何も映っていないように見える。

（海斗と妹の間に子どもが出来たことが、ショックなのか）

実のところ、司もまた綾香の反応に、胸を痛めていた。

結婚して、まだ二ヶ月足らず。出会ってからの月日を足しても、綾香が海斗を思っていた期間とは、比べ物にならないぐらい短い。

海斗が、綾香に対して戦友めいた感情しか持っていないことは分かっている。綾香が今は自分を愛していることも分かっている。

なのに、綾香が何年もの間海斗のことが好きだった、という事実が、時折心の底から浮かび上がってきて、じわじわと司の胸を締め付ける。

（俺達の関係が、〝身代わり〟から始まったからか。だから）

　海斗と綾菜との結婚式の夜。あいつを忘れるために、あいつの声によく似た声の俺の誘いに乗った。そのことが、今も司の心に鈍い痛みをもたらしていた。

（我ながら情けないな）

　自嘲の念に、司の口の端が上がった。綾香に関しては、自分の感情がコントロールできない。愛おしくて堪らなくて、なのに憎たらしくて、時々肩を掴んで揺さぶりたくもなる。海斗を見るな、俺だけを見ていろ、と。

　こんなどろどろとした激しい感情を抱く相手は、綾香が初めてだった。

　加奈子の時とも違う。加奈子に対しては、いつも穏やかでいられた。魂の底から焦がれるこんな激情を覚えることはなかった。

　綾香は俺のものだ。なのに何故、手からすり抜けてどこかに行ってしまいそうな、そんな焦りを抱くのだろう。

　――綾香の肌に触れたい。抱きたい。泣いて「止めて」と懇願するまで抱きたい。自分のことしか考えられないようにしたい。自分のものである証を全身につけたい。海斗のことなど、忘れさせてやる。

　アクセルを踏み、スピードを上げた司は、熱い胸の内を悟られないように前を向いたままハンドルを切った。

司も綾香も何も言わないまま、マンションへと戻った。リビングに足を踏み入れるや否や、司は後ろから綾香を抱きしめる。

「司さん？」

驚く綾香の声を聞いて、司は一層腕に力を込めた。

柔らかくていい匂いのする綾香の体。離したくない。自分だけのものだ。自分だけの。綾香が振り返って司を見上げる。

「つか……んんっ」

いきなり唇を重ねると、綾香はびくりと体を震わせた。司はそれに構わず、柔らかい唇を貪る。舌を半ば強引に口の中にねじ込ませ、歯茎をぐるりと一巡して舐めた。右手は上着の合わせ目から侵入させ、形良く盛り上がった乳房をブラウスごと揉みしだく。

ベッドへ行く間ももどかしくて、リビングのソファに綾香を押し倒した。そのまま四つん這いになって彼女にのし掛かり、まろやかな体のラインを楽しみながら、喘ぐ唇をまた塞ぐ。

「んあ、はっ……」

綾香の息が荒くなる。その舌を吸いながら、紺の上着を手際よく脱がせて床に投げ捨てる。ブラウスの前合わせを無理矢理開くと、ボタンがいくつか飛んだ。肩にかかる下着の紐をずらし、フロントホックのボタンを外す。その弾みで、白くて張りのある乳房がふるんと揺れた。その間、綾香の唇を存分に堪能した司は、胸に付いた赤い果実に齧り付く。

「司、さ、あああん」

そのまま思い切り吸うと、すぐにそれは硬く尖った。舌を巻き付け、軽く歯で挟んで引っ張る。綾香が漏らす甘い声に、ますます体が熱くなった。

手で、舌で、激しく綾香の肌を弄ぶ。

タイトスカートの裾をめくり上げ、太腿を覆う邪魔な薄布を掴んで思い切り引くと、びりり、とそれが破れる音がする。そのまま、綾香の秘めた箇所を覆う布にも手を掛け、一気に膝までずり下ろした。

「待って、司さん……あああっ！」

司は即座に繁みの中の花びらを捕らえる。わずかに湿ったそこは、指で擦るとすぐに潤ってきた。花びらの合間から顔をのぞかせた芽を優しく摘まむ。すると白い太腿がびくりと震えた。

「あ、はあ、んっ」

綾香の瞳がとろんと蕩けている。赤く染まった頬は、日中の澄ました顔からは想像もできない程、艶めいていた。

綾香の弱い所はよく知っている。どこを触れれば甘い声を漏らすのか、どこを舐めればピンク色に染めた体を震わせるのか、自分だけが知っている。つんとそのポイントを突くと、綾香の息はますます熱く乱れた。

「綾香、今すぐ欲しい」

「んうっ……」

〝いい〟とも〝嫌〟とも取れそうな掠れ声。当然〝いい〟以外の返事は聞く気はなかった。
綾香の右足首から下着を引き抜き、膝を曲げさせる。ぽてっと濡れた襞が、誘うように蠢いていた。女の香りを嗅いだ司は、綾香の服を脱がせることなく手早く自身のベルトを外し、そこに猛ったものを宛がう。ぬるぬるとした蜜が、司を濡らす。

「あ、う……あああああああっ！」

ぐいと一気に奥まで貫くのと同時に、綾香が背中をのけ反らせた。彼女のナカは温かく、きゅうきゅうと司を締め付ける。司は、一瞬全てを持っていかれそうになった。

「あや、か」

司はすぐに動き始めた。濡れた肉襞の奥から、さらにどろりと愛液が染み出してくる。それに誘われ、司は何度も綾香を突き上げた。先端が奥にごつごつと当たるたびに、綾香の甘い声も一際大きくなる。纏わりつく襞の熱さに、司の欲望はますます硬く膨張する。

「あっあっ、あああっ……！」

皺だらけの服から覗くしっとりとした肌。首筋に汗で張り付く黒髪。目を閉じ、唇を半開きにしたまま身を捩る綾香が、愛おしくて愛おしくて堪らない。

「ひあっ！　ああああっ！」

ナカの敏感な部分を擦ると、綾香が悲鳴を上げた。そこを何度も突くと、びくびくと綾香の足が震え始める。

「ああっ、やあんっ、はあっ……！」

襞が奥へ奥へと司を誘う。彼の全てを受け止めようとする動き。綾香の絶頂が近い。司は腰を大きく動かし、一層強くナカを擦り上げた。

「あああっ、はんっ、ああああっ！」

どくんと綾香のナカが脈動した。司の全てを絞り取ろうと動く襞の、柔らかくて熱い圧迫感。その感覚に司も耐えられなくなる。

「う、くっ……！」

熱い欲望を解放する。綾香のナカが司で満たされていく。

全てを放出した後、司はずるりと自身を引き抜き、綾香の上に崩れ落ちた。

「司、さん……？」

綾香が手を伸ばし、乱れた司の髪を撫でた。

「どうか、したんですか……？　何だか司さん……いつもと違ってた……」

司は顔を上げ、綾香の顔を見た。潤んだ瞳がどこか心配そうな色を宿している。

「お前が……ショックを受けていたように見えたから。それで――」

――焦っていたんだ。お前がまだ海斗のことを忘れられないのかと。

言葉の後半は、あまりに情けなくて声にならなかった。綾香は「え」と目を丸くして司を見つめた後、ふうと溜息をついた。

「司さんには分かってたんですね……私がショックを受けて落ち込んでたこと」

ずきりと胸が痛む。やはり綾香は、海斗のことを。司の頬に右手を伸ばして撫でる綾香が、ぽつりぽつりと話し始める。

「私……綾菜のこと、まだ小さい妹だって思ってたんです。結婚してもずっとずっと。なのに」

「え」

司が息を呑んだ。綾香の顔が泣きそうに歪む。

「綾菜が〝お母さん〟の顔をしてたんです。あんなに小さかったあの子が。もう〝お母さん〟なんて、信じられなくて」

「綾香」

綾香の声が掠れている。その表情は苦しげで、涙さえ浮かべていた。

「喜ぶべきだって分かってるのに、すごく……すごく寂しくて。綾菜が本当に、私の手の届かない場所に行ってしまったんだなって」

「……綾香」

司は綾香の言葉を遮った。まさか綾香は――

「お前は、海斗に子どもができたことじゃなくて、妹に子どもができたことがショックだったのか？」

綾香がキッと司を睨んだ。

「あ、当たり前じゃないですか！　ずっと綾菜の親代わりだったんですよ!?　まだまだ子どもだって思ってたのに、結婚して、その上妊娠って！　ショックが大きすぎます！」

「……」

「しかも、切迫流産気味って！　本当に大丈夫なのか、心配でっ」

司はまた綾香の上に突っ伏してしまった。一気に力が抜けた。「司さん、重いです」と綾香が文句を言ってきたが、体に力が入らない。

「はは……」

思わず自嘲する。何かにつけて、すぐ海斗を気にしてしまうのは、自分の方だった。綾香はそんなこと、考えてもいなかったのに。

「綾香」

司は綾香のぽってりと腫れた唇に軽くキスをした。

「お前が好きだ。好きで堪らない。胸が痛くなるほど――好きだ」

「つかっ」

綾香の頬がみるみるうちに真っ赤に染まる。司はにっこりと笑って、ソファから下りた。一旦ベルトを締め、乱れたままの綾香を抱き上げる。

「司さん⁉」

綾香は反射的に司の首にしがみつく。そんな綾香の耳元で司は甘く囁いた。

「シャワーを浴びるぞ……二人で。俺がお前を綺麗に洗ってやるから」

綾香の口があんぐりと開いた。数秒後、ようやく意味を理解したようで、ぶんぶんと首を横に振る。

「いいい、いいですっ！」

「遠慮するな」

「いいですってば！」

じたばたする綾香をしっかりと抱えたまま、司はさっさとバスルームに続くドアへと向かった。


「あ、ん」

たぷん……

司の手が動くたびにお湯が揺れる。広いバスタブは、司と綾香が二人で入ってもまだ余裕があった。綾香を後ろから抱き抱えた状態で浴槽の中に座った司は、水面で揺れる瑞々(みずみず)しい乳房と洗ったばかりの柔らかな茂みを弄(もてあそ)んでいた。

「ああっ、やあんっ」

くりっと胸の先端を摘まむと、綾香の甘い声がバスルームに響く。先程くまなく全身を石鹸で洗ってやったはずだが、茂みの中を弄(いじく)っていた司の指先にはぬめりとした感触が伝わってくる。

「感じてるのか？　またここが潤(うるお)ってきた」

そう言いながら硬く尖(とが)った胸の先端も引っ張ってやると、綾香の肩がびくりと震える。白い肌はほんのりと上気し、司が付けた痕(あと)はますます赤く見えた。

「もう！　やめっ……あああん！」

お湯と共に、襞(ひだ)の中に指を侵入させる。ぬめっていたその場所は、すぐに司の指を柔らかく受け止めた。そのままばらばらと指を動かすと、ますますねっとりとした液が溢(あふ)れてくる。

「ああんっ、やあ、んんん」

綾香が甘い声を上げて悶えた。白く張りのある臀部が、とっくに硬くそそり立っている司自身を擦る。

「お前の肌は気持ちがいい」

そう囁くと綾香はまた身を捩り、その弾みで張りのある肌の上に落ちたお湯が丸く弾け飛ぶ。濡れてしっとりとした肌は、手に吸い付いて離れない。何度でも抱きたい。何度でも舐めたい、吸いたい。何度でも――一つになりたい。

綾香の息が速くなる。彼女も先程の余韻で敏感になっているらしく、司が少し指を動かしただけで蕩けそうな喘ぎ声を上げていた。柔らかな襞ももっともっととばかりに指に纏わりついてくる。

「あ、んっ……やあん」

「十分だな」

司は綾香の腰を掴んで持ち上げ、自分の方を向かせた。そのまま、ゆっくりと綾香の腰を熱い塊の上に下ろしていく。柔らかく濡れた襞の中に、再び楔を打ち込む。

「あっ……！」

綾香が頭をのけ反らせた。髪がお湯の上に広がる。ふるんと揺れた白い丘を右手で掴み、やわやわと揉むと、たぷたぷと湯船からお湯が零れ落ちた。

「あああっ、司さ、んっ」

すぐに綾香のナカが反応し、司を締め付ける。軽く腰を動かしただけで、綾香も声を上げて上下に揺れた。司は手を伸ばし、綾香の体を抱きしめた。

「綾香、綺麗だ」

唇を合わせると、綾香もすぐに舌を絡めてきた。ぬるぬると舌を吸い、互いの口の中を舐め回す。

綾香の体が小刻みに震えた。

「あふ、んん……っ」

司は唇を耳元に移動させ、「感じてるのか？　またぬるぬるになってるぞ」と淫らな言葉を囁きかけた。それから柔らかな首筋に吸い付き、また痕を付けていく。綾香の肌は、相変わらず熱くて甘かった。

「綾香」

ぐっと腰を突き上げ熱い肉襞を擦ると、綾香がびくんと体を硬直させた。

「あああ、やあっ、ああああっ！」

綾香が首を左右に振る。どうやら軽くイッてしまったらしい。司は同じ箇所を何度も何度も突き上げた。その間も、綾香のそこは司を柔らかく締め付ける。

「あっ、あああんっ」

湯船の中での動きは次第に速度を増し、その度に水面は激しく波打った。綾香の悲鳴にも似た声が、浴室内に甘く響く。綾香の襞は、もっともっとと司を誘う。司の動きも誘いに乗って速くなる。

「ああっ、んあっ……ああああああっ！」

綾香が大きく背中をのけ反らせた。ナカの締め付けが一層きつくなり、司はあまりの快楽に思わず苦悶の表情を浮かべた。

「あや、かっ」

「あ、あああんっ……ああっ、あああああっ！」

綾香の足の先がぴんと立った。ぐっと司を締め付けた襞が、全てを解放するようにと誘う。司を熱く大きな波が襲った。

「うっ……！」

大きく脈打った司自身が、熱く蠢く襞の中に欲望を放出した。どくどくと音まで聞こえてきそうな気がする。

綾香のナカに全てを注いだ司は、自分自身を抜き取り、ぐったりと力の抜けた綾香を抱きしめた。

「綾香……」

「司さ、ん……」

ふう、と綾香が目を閉じてしまった。どうやら気を失ってしまったらしい。お湯の中でくたりとした綾香を抱きかかえ、司は立ち上がる。そのまま湯船から出ると、お湯はすっかり減ってしまっていた。

(少し無理をさせたか)

欲望の赴くままに、綾香を求めてしまった。司は動けない綾香の体を綺麗に拭き、自分もざっと体を拭いた後、そのまま寝室へと綾香を運んだ。

ベッドの上に下ろしてやっても、綾香は身じろぎ一つしなかった。もうすっかり眠ってしまったらしい。そんな綾香の体に上掛けを掛け、司もその隣に潜り込む。そうして柔らかくて温かい体を抱きしめながら、司もようやく目を閉じた。

「綾香……」

破いてしまったストッキングを買い替えないとな――そんなことを思いながら、司も温かくて幸せな夢の中へと旅立っていった。

＊＊＊

「ん……？」

次第に視界がはっきりとしてくる。

(俺は……)

どうやら眠ってしまっていたらしい。綾香もまだ眠っている。ベッドルームの中はまだ薄暗かった。カーテンの隙間から弱い光が入ってきているところを見ると、夜が明ける直前なのか。

「……綾香」

司が耳元で囁くと、「んん」と綾香が身じろぎをした。司は甘えるように開いた彼女の唇に自分の唇を重ねた。

「んあっ……」

そのまま強めに吸えば、綾香がゆっくりと目を開ける。司と目が合うと、綾香はぼんやりとした瞳のまま小さく微笑んだ。

「司さん」

綾香に名前を呼ばれる。それだけで司の体の奥が熱くなった。

「綾香……」

司は綾香の首筋に唇を当てた。

「あんっ」

まだ赤い痕が残る白い胸に、司はまたもや唇を這わせる。柔らかくて張りのある膨らみを両手で持ち上げるように揉み、硬くなった頂に齧り付く。

「ああっ、やあん」

いつもはきはきと話す綾香が、舌足らずになるのが可愛くて堪らない。ちゅくちゅくと乳首を吸うたびに、びくんと綾香の体に震えが走る。もう片方も指で擦ると、寝起きの彼女の息が荒くなってきた。

「あっ、司……さん」

「綾香」

胸を揉みながら、司は再び綾香の唇を吸い始める。舌と舌とをねっとりと絡み合わせ、唇と唇とを擦り合わせる。

「ふあっ、あふ……ん」

胸と胸が触れ合う。直接肌に触れる綾香の体は、柔らかくて温かくて。綾香の体からは頭がくらくらするほどいい香りがした。

司はその匂いのもとを舐め取るように、綾香の体に舌を這わせていく。そうしているうちに白い肌に吸い付き、自分の痕を残すことにまたも夢中になる。

「あっ、あんっ……」

するりと指を白い太腿の間に忍び込ませる。濡れた茂みをかき分け、甘い香りを放つ花びらを弄る。

「あああっ！」

綾香は敏感に反応する。声は甘さを増し、体全体がうっすらピンク色に染まってくる。司はさらに指を動かした。誘うように蠢く襞を、下から上へと指でなぞる。すると指先がぬめりを纏って、動かしやすくなる。

「あっ、ああああっ、はあんっ」

つぷんと指先を襞の中に埋めると、綾香はいやいやと首を横に振った。司はもう一本指を挿し入れ、ばらばらと動かし始めた。

「あうっ⁉」

襞を擦る指に喘ぎ声を上げる綾香。この声を聞くのは自分だけだ。もっともっと聞きたい——司は太腿を押し広げ、その草むらに顔を埋めた。

「ひあっ、ああああっ！」

襞に隠されていた敏感な蕾を舌で舐める。唇で軽く挟むと、綾香の腰が大きく跳ねた。

「あぁっ……あ、あああん！」

「綾香はここが感じるんだろ？」

司の言葉に、綾香はまた身を震わせた。

「やあっ、言わないでっ……！」

悶える綾香はとても綺麗で、扇情的だった。

「嫌だ。俺で感じてる綾香をもっと見たい」

「ああっ、あっ、ふあんっ」

花芽に舌を当てて揺らす。ぷくりと硬く膨れた芽は敏感になっているらしく、少し擦ってやっただけで綾香は「ああんっ」と声を上げる。襞の奥からとろとろと溢れ出す甘い液体が、司の指が動くたびにねちゃねちゃと厭らしい音を立てる。

「あああっ、あ、ああああああーっ！」

びくん、と綾香の体が大きくしなる。うねる襞が指を呑み込むようにぎゅっと締まり、綾香のつま先が空中でぴんと張った。

「あああ、ああんっ！」

イッたばかりの体を、司はまたすぐに攻め始める。今度は襞を舐め、溢れる甘露をじゅるじゅると音を立てて吸う。綾香は口を開けたまま、苦しそうな表情を浮かべていた。

「はあっ……つかさ、さ……ああああああっ！」

花芽を舌で。ナカの弱いところを指で。そして左胸を左手で。一度に擦り始めると、甘い声が一層高くなった。

「ああぁっ、やめっ、またイクっ……！」

ぎゅっとシーツを掴む綾香の指に力が入る。司は低い声で囁いた。

「何度でもイけよ、我慢するな」

そう言った途端、綾香の体がまた大きく跳ねた。

「あっ、あああっ、や、あああああーっ！」

大きく背中を反らし、びくびくと痙攣した後、綾香はぐったりとシーツに体を沈める。

「綾香」

司は、はあはあと熱い息を吐く赤い唇に、濡れた唇を重ねる。すると司の背中に綾香の腕が回り、肌に指が食い込む感触がした。

「んっ……」

とろんとした瞳でねだる綾香に、もう堪え切れなくなった司は、とっくに熱く硬くなっていた自身を濡れた花びらに擦り付ける。

「あんっ、あああっ……」

それだけで、綾香の声がまた甘くなった。司は綾香の膝をぐっと曲げて、そのまま腰を沈めていく。

「あああああああっ」

ぐじゅぐじゅに濡れた襞の中に埋まっていく快感。入っただけで、全て持っていかれそうな気がした。

「くっ……」

奥へ奥へ。もっと奥へ。蠢く襞とぬめりのある愛液が、司を誘い込む。

「あや、か」

避妊しないのは、なるべく早く子どもが欲しいから。司はそう綾香にも言っていた。

祖父が綾香を認めたおかげで、表立って綾香を陥れようとする親族はいないが、何の後ろ盾も持たない綾香を快く思っていない輩が多いことも事実。綾香を守るためにも、跡継ぎという確たる盾が欲しかった。が、それ以前に――

綾香との子どもを見たい。触れたい。愛したい。

純粋にそう思う気持ちの方が強かった。今まで〝藤堂家次期当主〟としてしか見てもらえなかった司を、ただの〝藤堂司〟として綾香は愛してくれた。司としても、何の思惑もなく愛せるのは、綾香か、ごく身近な身内だけだ。だから、純粋に愛せる存在が、もっと欲しい。義妹である綾菜に子どもができた今、ますますそう思い始めていた。

「ああ……っ！」

司がゆっくりと動き始めると、綾香は頭を左右に振った。司のものがいつもより膨張しているせいか、綾香は顔を歪めている。司は彼女に痛みを与えないよう、ゆっくりと腰を動かした。

「ああっ……ああん」

なだめるように花芽を指で摘まむと、彼女の襞がぐっと司を締め付けた。びりびりと鋭い快感が司の腰に流れてくる。

そんな風にしばらく優しく肉襞(にくひだ)を擦(こす)り上げるうちに、綾香の表情もいつものように蕩(とろ)けていく。

「綾香……そろそろいくぞ」

そう言った司は、ある一点を目がけて熱い塊(かたまり)を突き動かした。

「あああっ！」

先端がそこを激しく擦(こす)り、ごりごりという感触が生まれる。綾香がまた、苦しそうな顔になった。

開いたままの口元から、浅く荒い息が吐き出されていた。

「あうっ、ああっ……あああああん！」

結合部分からねちゃねちゃと白い泡が立つ。濡(ぬ)れた肌と肌がぶつかり、さらに卑猥な音を立てる。

突かれるたびにに綾香は悶(もだ)え、それを見下ろす司も、快楽の波に呑まれそうになる。

「綾香……っ」

彼女のナカは温かくてぬめっていて気持ちがよくて。同じ快感を与えてやりたい。

司も荒い息を吐きながら、彼女の胸の先端を摘まむ。すると襞(ひだ)はますます蠢(うごめ)き、更に硬くなった司自身を呑み込もうと纏(まと)わり付いてくる。

「あ、ああん……やっ、あ、ああああああーっ！」

綾香の甘い悲鳴と共に、ナカも一層熱く強く締まった。

司も「うっ……！」と呻(うめ)き声を上げ、綾香の奥へと欲望を全て解き放った。

荒く脈打つ鼓動に、耳がつんと痛くなる。熱い欲望がどくどくと綾香のナカに注(そそ)ぎ込まれていく。

たっぷりと熱さを放った彼も、司は綾香のナカに留まり続けた。

司はぼうっとした表情の綾香に、もう一度深いキスをする。

「愛してる、綾香」

(だから、俺の傍にいてくれ。ずっとずっと——そう、一生)

そんな司の思いが伝わったのか、綾香はふんわりと微笑み、こう呟いた。

「私も愛してます、司さん——ずっとずっと、あなたの傍にいますから」

その言葉に、司はまた綾香を抱きしめ、熱い口付けを繰り返す。

熱く長い夜の余韻は、まだまだ途切れそうになかった。

＊＊＊

二ケ月後、司は綾香と共に、海が見えるチャペルの庭に立っていた。真っ白なチャペルの壁が青い空に映え、その前に広がる芝生の上を、白いタキシード姿の花婿と白いウエディング姿の花嫁が腕を組んで歩いていく。その光景は、まるで映画のワンシーンのようだった。

だが司の目に入るのは、あのブルーのドレスを着た綾香の姿だけだった。綾香の美しさは、招待客の中でも抜きん出ており、男性ゲスト達の注目の的だ。もっとも、司が隣を譲ることなどないため、彼らは皆、遠巻きに綾香を見ているだけだったのだが。

「おめでとう、碧、白井君」

綾香が声をかけると、白井はやや照れた顔で、そして早見は満面の笑みでそれに応える。

「社長代理、わざわざ参列していただき、ありがとうございます」

頭を下げる白井に、司も「おめでとう、いい式だったな」と声をかける。もう社長代理ではないのだが、彼の中ではそれで定着してるらしい。

チャペルの中庭で開かれているガーデンパーティーは、天候にも恵まれ、招待客達も皆笑顔で過ごしていた。様々な料理が並べられたバイキング形式は好評で、各々が好きな料理を皿に取って食事を楽しんでいる。

「綾香が提案したんだろ？　この式は」

司がそう言うと、綾香は目を丸くした。

「どうして分かったんですか？」

「お前らしいからな」

パステルカラーのバルーンの飾り付けも、レースやクマのモチーフを使用した小物のセッティングも、明るく楽しげなＢＧＭも、今日の主役二人のイメージにぴったりだった。

ウエディングドレスも、ペチコートを重ねたふわりとスカートが広がるデザインで、小柄な早見によく似合っている。新郎新婦をよく知っている者ならではの気配りを、司は感じていた。

「いい式だ。早見や白井も喜んでいるだろう。よくやったな」

「ありがとうございます」

綾香が頬を染めて頷く。日中は仕事、夜と休日は結婚式の手伝いと、綾香は目も回るような忙しさだった。ここ一週間などは早見の家に泊まり込んで、準備に勤しんでいた。当然、司との時間も取れていない。これでやっと綾香が戻ってきてくれる、と司は内心ほっとしていた。

「あの、司さん」

綾香が司を見上げてくる。司が視線を返すと、綾香は赤い頬のまま小声で言う。

「式が終わったら、一緒に綾菜に会いに行ってもらっていいですか？　もう退院して家にいるはずですから」

「ああ、構わないが」

そういえば、海斗がこの間そんなことを話していたのを思い出す。退院後、身重の妻を心配した海斗がうろうろと周りをうろつき回っていたら、「私は大丈夫ですから、ちゃんと仕事して下さい」と綾菜に怒られたらしい。

「その、綾菜にもちゃんと言っておきたくて」

綾香が背伸びをして、司の耳元で囁いた。

「赤ちゃん、出来たみたいなんです。昨日検査してみたら、陽性で」

「……え？」

司はぽかんと口を開けて綾香を見下ろした。綾香の顔がますます真っ赤になる。

「もうっ。あんなに……その、何もせずにしてたら、当たり前じゃないですかっ」

「……」

赤ん坊。綾香に。

（俺と――綾香の？）

じわじわと心に温かいものが広がっていく。愛する存在が――目の前の存在と同じくらいに愛せる存在が、ここにいる。ずっとずっと欲しかった存在が。

「つ、司さん？」

全く身動きしない司に、綾香が不安げな目をした。

その途端、司は人目もはばからず、ぎゅっと綾香を抱きしめる。

「綾香っ」

「司さんっ!?」

周囲から冷やかすような声が上がったが、気にも留めなかった。

「綾香、愛してる」

そう囁き返すと、真っ赤になった綾香がまた司の耳元に唇を寄せた。

「私も――愛してます、司さん」

綾香の柔らかな唇に軽くキスを落としてから、司は言った。

「帰るぞ。早見達には申し訳ないが、二次会はパスさせてもらう。お前のことだから、自分がいなくても回るように指示済みなんだろ」

「……はい」

照れて笑う綾香にもう一度キスをした司は、綾香を連れて本日の主役達のもとへと歩いていった。

綾香の話を聞いて、興奮した早見が綾香に抱き付き、むっとした司が綾香を奪い返したり、それと同じことが綾菜のところでも起こって、やはり司が綾香を奪い返す羽目になったりしたのは、また後のお話。

〜大人のための恋愛小説レーベル〜

ETERNITY
エタニティブックス

エタニティブックス・赤

次期社長と恋のスパルタ特訓!?
私、不運なんです!?

あかし瑞穂（みずほ）

装丁イラスト／なるせいさ

「社内一不運な女」と呼ばれているOLの寿幸子（ことぶきさちこ）。そんな彼女に、人生最大の危機が訪れる。「社内一強運な男」と名高い副社長の専属秘書に抜擢され、おまけに恋人役まですするはめになってしまったのだ！しかも、フリだけのはずが本当に迫られ、各所からは敵認定されて……
不運属性なOLの巻き込まれシンデレラストーリー。

※エタニティブックスは大人の女性のための恋愛小説レーベルです。ロゴマークの色で性描写の有無を判断することができます（赤・一定以上の性描写あり、ロゼ・性描写あり、白・性描写なし）。

詳しくは公式サイトにてご確認ください。
http://www.eternity-books.com/

携帯サイトはこちらから！

～大人のための恋愛小説レーベル～

ETERNITY エタニティブックス

エタニティブックス・赤

淫らすぎる、言葉責め⁉

片恋スウィートギミック

綾瀬麻結(あやせまゆ)

装丁イラスト／一成二志

都会で働く、29歳の優花(ゆか)。大学を卒業して何年もたつというのに、まだ学生時代の実らなかった恋を忘れられずにいる。そんな優花の前に、ずっと思い続けていた相手、小鳥遊(たかなし)が現れた！　再会した彼に迫られ、優花は小鳥遊と大人の関係を結ぶことを決める。躰(からだ)だけでも、彼と繋がれるなら……と考えたのだ。そんな優花を、小鳥遊は容赦なく乱して——

※エタニティブックスは大人の女性のための恋愛小説レーベルです。ロゴマークの色で性描写の有無を判断することができます（赤・一定以上の性描写あり、ロゼ・性描写あり、白・性描写なし）。

詳しくは公式サイトにてご確認ください。
http://www.eternity-books.com/

携帯サイトはこちらから！

恋愛小説「エタニティブックス」の人気作を漫画化！
EC Eternity COMICS
君が好きだから
漫画 幸村佳苗 Kanae Yukimura
原作 井上美珠 Miju Inoue
僕と結婚しませんか？
あっ…
だめ…っ
しほ…さ…
二十九歳の堤美佳がお見合いで出逢ったのは、エリート育ちのイケメンSPである三ヶ嶋紫峰。平凡な自分では相手にもされないと思ったのに彼から熱いプロポーズを受けて結婚することに！　思いがけず始まった新婚生活は幸せそのもの。だけど、美佳はどうして彼がこんなにも自分を大事にしてくれるのかがわからず、不安にもなって――。お見合い結婚から深い愛が生まれる運命のラブストーリー。
B6判　定価：640円＋税　ISBN 978-4-434-21878-1
お見合い結婚からはじまる恋
エロきゅん新婚ラブ
エタニティCOMICS

恋愛小説「エタニティブックス」の人気作を漫画化!
溺愛デイズ
Dekiai Days
EC
Eternity COMICS
気持ちいい――……
行きましょうか
はっ…
Meguru Hinomoto
漫画 ひのもとめぐる
Maki Makihara
原作 槇原まき
溺愛デイズ
Dekiai Days
ひのもとめぐる
槇原まき
愛されすぎて心臓がもちません!
エロきゅん同居ラブ
エタニティCOMICS
一級建築士を目指し、建築会社で働く櫻井穂乃香。ある日彼女はコンペ会場で、ライバル視している建築士の黒崎隼人とぶつかりそうになる。その拍子に階段から落ち、穂乃香は足を骨折――。すると隼人が「ケガの責任をとる」と言い出し、強引に同居を決めてきた！　よくない噂もある隼人に戸惑う穂乃香だけど、いざ一緒に暮らしてみると甘やかされっぱなしの毎日で……!?
B6判　定価：640円+税　ISBN 978-4-434-21764-7

Noche
ノーチェ
愛されすぎて困ってます!?
I'm in Trouble about his Too much love
佐倉紫
Yukari Sakura
可愛い声で煽るな。
食べたくなるだろうが。
王女とは名ばかりで使用人のような生活を送るセシリア。そんな彼女が、衆人環視の中いきなり大国の王太子から求婚された!? こんな現実あるはずないと、早々に逃げを打つセシリアだけど、王太子の巧みなキスと愛撫に身体は淫らに目覚めていき……
抗えない快感も恋のうち？
どん底プリンセスの溺愛シンデレラ・ロマンス！
定価：本体1200円+税
Illustration：瀧順子
Noche
愛されすぎて困ってます!?
佐倉紫
王太子殿下のきわどいアプローチに
身も心も陥落寸前!
求婚直後から、甘く蕩けるキスの嵐!?
どん底プリンセスの華麗なる蜜愛生活!

Noche
ノーチェ
……こんなにいやらしい体を、
誰にも触れさせなかったんですか？
くまだ乙夜
Itsuya Kumada
王太子さま、魔女は乙女が条件です
1・2
常に醜（みにく）い仮面をつけて素顔を隠し、「恐怖の魔女」と恐れられているサフィージャ。ところが仮面を外して夜会に出たら、美貌の王太子に甘い言葉で迫られちゃった？　純潔を守ろうとするサフィージャだけど、体は快楽に悶（もだ）えてしまい……
仕事ひとすじの宮廷魔女と金髪王太子の溺愛ラブストーリー！
各定価：本体1200円＋税　Illustration：まりも
王太子さま、魔女は乙女が条件です2
くまだ乙夜
エロあま♥結婚前夜に
魔女もたじたじ!?